花房観音

半《はん》乳《ちち》捕物帳

実業之日本社

実業之日本社文庫

目次

半乳《はんちち》捕物帳

一、半乳登場の巻

――まさかこのように愛らしい娘があの男におったとは――

兵衛《ひょうえ》は、団子を口にしながら、茶とともにそれを持ってきた娘の後ろ姿をつい目で追ってしまった。紺の絣《かすり》の着物は地味だが、それでも娘の丸い顔と大きな瞳は華やかで目を引く。

片山《かたやま》兵衛は、江戸の定廻《じょうまわ》り同心で、二十四歳になる。先の同心が病に伏したために半年前に神田《かんだ》に来た。頼りないから心配だと親には言われているし、なにぶん経験の少ない若造であることを自覚しており、古くからこの神田で岡っ引きをして、周囲からも人望が厚い、「神田の銀次《ぎんじ》」こと、銀次郎《ぎんじろう》親分には、ずいぶんと世話になっている。

その銀次郎の妻のお加代《かよ》が、茶屋をやっているのは知っていた。団子や、善哉《ぜんざい》や甘酒なども出すと聞いて、甘いものが好きな兵衛は、ふと立ち寄ってみたのだ。

団子を食べながら娘の姿を追うと、常連客らしき年配の商人風の男たちと楽しげに話している。この店の看板娘なのだろう。

しばらくすると、暖簾《のれん》の奥から、肉付きのいい大柄な女が現れた。銀次郎の妻のお加代だろうか。茶屋は妻と娘だけでやっているはずだ。しかしあの娘は、あの女にも銀次郎にも似ていない——兵衛がそう思いながら茶を啜《すす》っていると、ふいに暖簾の奥から、銀次郎が顔を出し、目があった。

「おぉっ！　見慣れへんええ男がおるやないかと思ったら、片山さまではございませんか！」

まさか銀次郎が、ちょうどこの時間に茶屋にいるとは思わなかったので、何故《なぜ》か兵衛は慌ててしまい、立ち上がる。

「いや、すまぬ。近くまで用事があったので、立ち寄ったのだ」

「いえいえ、狭くて汚い店で申し訳ございません。片山さまのような男前に似合わへん粗末な店ですが、どうかゆっくりしておくれやす」

銀次郎は笑いながらそう言った。笑うと顔のしわが愛嬌《あいきょう》をつくる。明るく冗談の好きな男で、兵衛の父親ほどの年齢ではあるが、親しみが持てる。若い頃に京都にいたという銀次郎は、上方の言葉を話す。

長年神田で十手を持つ銀次郎からすれば、兵衛などはひよっこだが、礼節を持って接してくれる。また、誰にでも公平であけっぴろげな人柄のせいか、安心してつきあえる相手であった。

もっとも、まだ知り合って半年に過ぎないから、実のところはどういう人物かわからないのだが――。

「わしも、せっかくやし茶をもらおうかいな」

銀次郎はそう言って大柄な女に目配《めくば》せし、兵衛の隣に座った。ふと見れば、常連客らしき男たちに娘が「ありがとうございました」と頭を下げて見送って、茶屋の客は兵衛だけになった。

「片山さま、用事というのは、もしかして、あの件のことやろうか。近頃、この界《かい》隈《わい》で続けて起こった、お侍さま方の――」

家族しかいないにも拘《かか》わらず、銀次郎は声を潜めて話を続ける。

「恥ずかしい話やから、公には騒がれんが、噂《うわさ》は次第に広まってるようですな。片山さまがいらっしゃるぐらいやから、ついにお上にも伝わったんやなぁ」

「やはりそなたは知っておったか。その件で、こちらも頭を痛めている」

大柄な女が茶を目の前に置いた。娘は、暖簾の奥に引っ込んでしまい、兵衛は少しばかり残念な気持ちになった。

「妻のお加代です。お加代、こちらがいつもお世話になってる片山兵衛さまや。男前やろ。そやのに縁組の話も全て袖にして、未《いま》だ独身で、実は女に興味がないんやないかと、わしは疑っとるんや」

ふっくらした顔のお加代が、優しげな笑みを浮かべ「いつもお世話になっております」と頭を下げる。

「いや、銀次郎どの、女に興味がないわけではないと言うておろうが」

「真面目《まじめ》で堅物すぎると皆が噂しておりますが、妻を娶《めと》らぬのは、江戸の七不思議のひとつぐらいに、わしは思っとるんやけどなぁ」

兵衛は「いや、それほどまでは……」と、口ごもりながら、話を変えようと試みる。

「ところで、さきほどのが、そなたの娘か」

兵衛はどうしても気になって、聞かずにはいられなかった。

「へえ……いや、いろいろ事情がありまして、娘のように育ててはきましたが、あれの親はふたりとも早《はよ》うに亡くなりました。片山さまは、八之助《はちのすけ》という岡っ引きの名前はご存じですか」

「……聞いたことはある」

八之助——会ったことはないが、噂は耳にしていた。「伝説」と呼ばれた男だったと。その出自は、橋の下に捨てられていたゆえに、誰にもわからぬとも。

十手さばきは誰よりも優れており、知恵が回り、鬼のように容赦なく悪人たちを捕える非情な男で、背が高く腕っぷしもよく男前で、女たちに人気があったが、若くして亡くなったと聞いた。確か、十年ほど前に盗賊に殺されたはずだ。

「八之助親分には、ずいぶんと世話になりました。今さら隠すこともあらへんけど、わしは若い頃、上方では悪いことも散々やってきて親元におられんようになり、江戸に流れついたんですわ。そんなわしの世話をして子分にしてくれて……一人前になれたのも、八之助親分のおかげです。女房のお加代と知り合ったのも、親分の世話で、わしら夫婦は八之助親分の墓には足を向けて眠れへんのです。親分は妻を娶ることなく亡くなったと言われておりますが、実は、ある身分の高い方と通じ合っておられました。その方も亡くなられたので、こうして片山さまだけにはお話しできますが……そのふたりの娘が、お七《ひち》です。十八になります」

「お七《しち》という名なのか」

兵衛はそう口にした。

「七の話はそれぐらいで――」

銀次郎の表情が変わる。兵衛もここに来た目的を思い出し、銀次郎の手を借りようと、相談事を話しはじめた。


銀次郎の住む辺りから、十町行ったところにある和泉《いずみ》橋の付近の川沿いで、妙な出来事があった。

以前から、夜鷹《よたか》――春をひさぐ女――が現れるのは知られており、夜鷹目当ての男たちもうろつきはしていた。奇妙な出来事というのは、朝方、この界隈で、縛られた裸の男が見つかっているのだ。それも一度ではなく奉行所の耳に入っているだけで四件になる。男はいずれも若い侍で、さるぐつわをかまされ全裸で両手両足を巧妙に縛られた状態で発見された。どの男も、夜鷹を買い楽しもうとしけこんだところ、何故か意識が朦朧《もうろう》とし、気づけば一糸まとわぬ姿となり衣類をはぎ取られ道に転がされているという。その間、何をされたか覚えがないと口を揃《そろ》えていうのだが——。

ただ、男たちが共通して口にしたのはその夜鷹が「いい匂いのする、おそろしく美しい女だった」とのことだ。それゆえに逆らえなかったし、何をされたか覚えていないと口を閉じるのだが、兵衛は、実のところは「恥ずかしいから言えない」のではないかとも疑っていた。

男からはぎ取られた着物や刀等は、叢《くさむら》に放置してあったので、物盗《ものと》りではない。人が殺されたわけでも、大金がとられたわけでもないのだが、いずれにせよ、男として、これ以上恥ずかしいことはない。何しろ、全てを人前に晒《さら》されるのだ。最初に被害にあった者は、恥辱のあまり切腹を試みて父親に止められたという。二番目に被害にあった者は、妻と顔を合わせるのが辛《つら》くて離縁も考えているらしい。

「奉行所としても、困っておるのだ。これが物盗りや殺しならば、動きようがあるのだが……ただ、男子としても武士としても、死ぬよりも恥ずかしいことだ。武士を狙っているのは、幕府そのものをおちょくっておるとしか思えぬが、そこまでしてやる目的がわからぬ。何よりも、女が何をもって男をそのようにいたぶるのかが解せぬ……」

「そこで、片山さまが奉行所より命を受けたのは、囮《おとり》になれ、と」

「そうだ」

兵衛は、唇を嚙《か》んでうつむいた。自身が若いゆえに、密命を受けたのではあるが、裸で転がされて恥をかかされた者たちの話を聞くにつれ、ためらいが湧き上がる。自分がそのような目にあい、縛られ股間をあからさまにした姿を道ゆく者に見られ指を差されたなら――腹を切りたくなる気持ちもわかる。

「なるほど……確かに厄介な話でございますな。第一、夜鷹――女ひとりでお侍を縛り動かすなんぞ、無理やろうし……」

「それで、そなたの知恵を借りにきた。何かいい案はないか」

何しろ、兵衛からしたら動機がわからぬ。

銀次郎は、しばらく腕を組んで考え込んでいたが、にやりと、笑みを浮かべた。

「片山さま――わしに任せてください」

兵衛は、即座に「かたじけない」と頭を下げた。

夜の闇が深いのは、冬の気配が訪れているからだろうか。

兵衛は川の畔《ほとり》に佇《たたず》み、流れる水を眺めていた。冬になると、独り身の寂しさが身に染みる。なぜ妻を娶らぬのかと周りからも親からも言い立てられるのも鬱陶しいが、実のところ決して好んでひとりでいるわけではない。銀次郎に「男前」だと言われるが、確かに自分の容姿は悪くはないだろう。縁談の話も何度もあったが、理由をつけて断りもした。好いた女は過去にいたけれど——。

ふと兵衛は、茶屋の少女・お七を思い浮かべた。お七の顔を見た瞬間に目が離せなかったのは、かつて惚《ほ》れていた女に似ていたからだと、後になって気づいた。けれど、それは兵衛にとって胸が痛む記憶でもあり、妻を娶らないのは、そのときの苦い痛みがまだ残っているからなのだ。

川の傍《そば》をうろついて、今日で五日目になる。それらしき者はいない。

そもそも自分のような、いかにも同心とわかる格好で夜鷹目当てに歩いているのは恥ずかしい。しかし、今まで裸にされた男たちは、自分と同じく腰に大小の刀を差していた。何か用事があってここを通り、女を買うつもりなどなかったのに、美しい女に声をかけられたから血迷ったのだと、皆は口にしていた——それが本当かどうかはわからぬけれど。

男たちは橋の付近で女に誘われたと言っているが、夜が更けると身体《からだ》は冷える。そのうち屋外で女と交わろうとは思えぬ寒さがやってくるのではないか。

だからこそ、今しかないのだ。冬になれば、その女は姿を消すかもしれぬ。そうなったら、もう終わりだ。

それにしても、自分が夜鷹を買う囮になるのは皮肉だと兵衛は思った。女を知らぬわけではないが、金を出して買ったことはない。どうしても、好きな女以外を抱く気にはなれぬ。それを口にすると、変わり者だと笑われるから、銀次郎にも言わなかった。

銀次郎は「わしに任せてください」と言うだけで、具体的なことは何も告げられていない。ただ、安心して囮になってくださいなとだけ言われ、信用していう通りにすることに決めた。

夜鷹を買ったことなどないのも、囮になるのを躊躇《ためら》っていた理由のひとつだったが、これも役目なのだからと銀次郎に後押しされ覚悟はできたつもりだ。

それにしても、女は現れるのだろうか――。

同じところをうろうろしていては目立つからと、兵衛は和泉橋から離れ、しばし周辺を歩く。川の畔に一軒、蕎麦《そば》屋があって客がいる様子だが、素通りして川沿いの道を歩いていく。周辺の民家はもう寝静まっているのだろうか、灯《あか》りはない。

兵衛はふと、人の気配を感じた。足音はしないが、空気が変わった気がする。足を止めて、不自然にならぬようにと気をつけて振り向くと、柳の樹の下に人影があった。

女だ――白い頭巾をかぶっている――夜鷹か。

「気付かれましたか。さすが片山さま」

女が顔を隠したまま、音もたてずに近づいてきて、囁《ささや》くような声で、そう言った。

「おぬしは」

頭巾で顔を隠していても、印象的な大きく潤んだ瞳と澄んだ眼差《まなざ》しは忘れられない。

「銀次郎の娘の、お七でございます」

頭巾の下から、くすりと笑った気配がした。

あの、茶屋で会った少女ではないか——大きな瞳に丸い顔の、愛嬌のある女——。

「なぜに、おぬしがここに。女が出歩く時間ではないぞ」

兵衛は戸惑いを隠せない。

「片山さま——あたしはひとりではございませぬ」

お七がそう言って、蕎麦屋のほうを見て目配せする。あの蕎麦屋に、銀次郎の手下がいるのかと察した。そして兵衛は銀次郎の命でこの娘がここに来たのにも気づく。

「お七どの、戻られよ。銀次郎に何を申し付けられたか知らぬが、おなごの関わることではない」

兵衛の言葉を、お七が遮る。

「片山さま、あたしは大丈夫でございます。それよりも、片山さま。角を右に曲がったところにある稲荷《いなり》に誰やら潜んでおるかもしれませぬ」

お七は、そう告げると、兵衛の答えを待たずに、ふっと背を向けて去っていった。

稲荷の鳥居をくぐると、社《やしろ》があった。その階段に兵衛は腰をかける。

「お侍さま」

背後の社の奥から、か細い声が聞こえたので、兵衛は驚いて声を挙げそうになった。人がいないはずの真っ暗な神社だ。

「何者じゃ」

兵衛は刀の柄《つか》に手を添え、振り返る。

「驚かせて申し訳ございません」

社の格子の戸が、ぎぎぎと軋《きし》みながらゆっくりと開く。

女が、いた。

夜目にもわかるのは、切れ長の目に、筋の通った形のいい鼻と面長の顔、青白いぐらいの真っ白な肌、着物を通しても華奢《きやしや》な身体だ。そのくせ薄い唇だけがぬめぬめと赤くてかっている。若くはないが、匂い立つような色気がある。

兵衛が一瞬、鳥肌が立ったのは、その女の整った容貌のせいだ。

「なぜ、そのようなところにいる」

「私の名は、お桃《もも》と、申します。つい数日前、亭主に追い出され、行く当てもなく、ここに寝泊まりしている憐《あわ》れな女でございます。お侍さまがいらっしゃるのがこの隙間から見えまして、もしや私がここにいることが知られて咎《とが》められるのかと——お願いでございます。帰るところがありませぬ。家に戻れば亭主に殴られ食べ物も与えられず……」

そう言いながら、女は急にしゃくりあげ泣きだした様子だった。

月明かりしかない社で、女が静かに声を抑えながら泣く様子は憐れをさそう。

「咎めるつもりはない。しかし、そうは言っても、いつまでもここにいるわけにはいかないだろう。腹も減るし、寒さも堪える」

兵衛がそう言って手を伸ばすと、お桃という女はその腕をつかむ。冷たい手だ。

お桃はよろよろと立ち上がると、「あっ」と声を出し、足がもつれたのか兵衛の身体にもたれかかる形になる。

「お侍さま——」

お桃はそのまま離れずに、右手を兵衛の腰に当てる。

「歩けぬのか」

兵衛は戸惑いつつも、妙な感覚に襲われる。

なんだこの匂いは――香《かぐわ》しい、甘い匂いだ。最初は女が香を忍ばせているのか、着物に焚《た》き染《し》めている匂いが残っているのかと思ったが、どうも頭がくらくらする。まるで酒に酔ったかのようで、力が入らない。

「お情けをください――憐れな女だと思って」

お桃がそう囁きながら、兵衛に顔を近づけてくるが背けることができない。女の唇が、兵衛の唇に重なり、何かが流し込まれる――舌――いや、違う、どろりとした液体――。

身体が思うように動かない。なんだか頭もぼんやりしてきた。ただ、自分を見下ろしている女の顔がひどく美しいのはわかる。

この、女か。

夜鷹ではないからと油断していた――。

「さて、と。今日はいい男が来てくれたよ。寒いから、自分から男を探しに行くのは面倒だと思っていたら、飛んで火にいる夏の虫とは、こういうことだねぇ……ああ、楽しみだ」

お桃は力を失った兵衛の上半身に脇から手を入れて、社の奥に引きずりこもうとする。

「お尻の穴も、肉の棒も、晒け出して縛ってあげるよ」

何をする気だ、やめろ——お桃は社の奥に兵衛を横たわらせると、舌なめずりをし、兵衛の股間をさすりながら、袴《はかま》の紐《ひも》を解き、すっと手を入れる。

兵衛は驚くが、声が出せない。女からそんなことをされたのは初めてで、驚きとともに恐怖が芽生える。

お桃の指が蠢《うごめ》き、兵衛の臍《へそ》の下から陰毛を撫《な》でてすすんでゆく。

「あらぁ……お侍さまのここ、硬くなってる……やっぱり若い男は元気いいわね」

お桃の指が兵衛の男根にそっと絡みついた。

「立派なものをお持ちね……さんざん、これで女を泣かせたんでしょ。でもね、お侍さまでも、百姓でも商人でも将軍でも、女にここを摑《つか》まれて、しごかれ、しゃぶられ、吸われたら、皆、一緒よ。男の人のこれは平等なのよ。だから私、大好きなの。普段、刀を携えて威張りくさってるお侍さまのこれを可愛《かわい》がって、ひぃひぃ声を出させるのが——恥ずかしいことさせるのが、ね」

兵衛は必死に身体をねじって逃げようとするが、やはり思うように動かない。きっと今、自分は赤面している。女の指の柔らかさと、羞恥を掻《か》き立てる言葉で、身体がどうしようもなく熱を発しているのがわかる。

「こんなのはどうかしら、お侍さま」

お桃が兵衛の肉の棒を摑んだまま、もう一方の手を衿元《えりもと》に差し込む。

何をする気だ――。

女の指が、兵衛の肌に直《じか》にふれた。冷たい手が、熱を帯びた兵衛の身体を撫でまわし、乳首にたどり着く。

「うぅっ！」

兵衛の腰が、ぴくりと動く。女にそんなところをふれられるのは、初めてだ。

「あら、お侍さま、ここが感じるみたいね。女みたい。いやらしい身体ですのね」

兵衛の左乳首の上で指が回される。軽く触れて離れるを繰り返しながら、ときに人差し指と中指で、ぎゅっと挟み緩急をつける。

なんだこれは――今まで知らないむず痒《がゆ》さで全身が震える――。

兵衛は、生まれてはじめて乳首を弄ばれて、羞恥と快感がせめぎ合い、混乱していた。

「いつもお侍さまが、女にしてること、私がしてあげる」

そう言って、お桃は、片手で衿を開き顔をよせ、舌を出す。

やめろ――。

お桃の舌が、兵衛の乳首にたどり着いた。唾液でぬめる長い舌の先が、今まで誰もふれたことのない男の胸の突起をつつく。

「うぅっっ!!」

兵衛の腰が、小刻みに揺れ出した。

「やっぱり、ここ、敏感なのね。だっていじくりだしてから、股の間にある立派なものが、さっきより硬くなってる。さぁ、たっぷり可愛がってあげましょうか。恥ずかしいこと、たくさんしてあげる――」

兵衛はこれ以上のことをされるなら、舌を嚙み切ってしまおうかと考えていた。身体の自由を奪われて、女に弄ばれるなんて、なんたる屈辱――しかし、なんと甘美なものなのであろう。女のいうとおり、兵衛の身体は確かに悦《よろこ》んでいた。しかし、それは武士として、男として、あまりにも恥ずかしすぎる――。

お桃は片方の手で兵衛の肉の棒を握り、軽く上下させながら、舌先で兵衛の乳首をつき、押し、吸い上げる。

「あぁーーーっ!!」

兵衛は堪《こら》えきれず大きな声をあげてしまった。

「待ちな」

どこからか、声がした。女の声だ。

聞き覚えがある声だ——。

お桃は、ハッとした表情で、辺りを見回す。

「誰だい？　誰かいるのかい？」

「お桃とやら、そのお侍さんから手を離しな」

「お前は誰だ」

お桃の声が、別人のように低くなった。

いつのまにか社の入り口に人が立っている。顔を紫の頭巾で隠し、たくし上げた着物の裾からは、白くむちむちした若さを感じさせる脚が剝《む》き出《だ》しになっている。

小さな提灯《ちょうちん》を手にした女は、こちらを見ていた。

頭巾の隙間から見える瞳は、静かな怒りを湛《たた》えている。

「あたしの名前かい？　それよりも、あんたが何者か教えてくれよ。何の目的があって、お侍さんを裸にするのかもね」

「どこの誰やらわからぬ女に告げる必要はないわ」

お桃が、すっと立ち上がった。

「……お前に何ができるというのか、この小娘が」

そう言って、胸から小刀を取り出し鞘《さや》から抜き、構えた。

「金《きん》！　玉《たま》！　金玉っ!!」

頭巾の女がそう叫ぶと、すっと左右から男が現れた。左からは小柄だががっちりした身体つきの男、右からはひょろりと背が高いが鋭い目つきの男だ。女は手にした提灯を背が高い男に手渡す。

——金玉!?　若いおなごがなんてことを口にするのだ……兵衛は朦朧《もうろう》としながらも、大きな瞳と澄んだ眼差しを持つ頭巾の女の口から出た似つかわしくない言葉に反応し、股間がさらに疼《うず》いてしまうのを感じていた。

「金之助《きんのすけ》と玉五郎《たまごろう》だ——あたしの手下だよ」

「……ひとりではなかったのか。もしや、この侍は囮で、張られていたってことかい」

　お桃はそう言うと、何故かにやりと笑う。

「裸にされたお侍さんたちも恥をかかされ、黙ってはおけなくて、お奉行所に泣きついたのかい。それにしても、こんな小娘の力を借りるとは、徳川《とくがわ》の侍も落ちたものよ」

　この期に及んでも、お桃は笑みを浮かべている。

「ただの小娘だと思わないほうがいいよ。金！」

　金と呼ばれた男――小柄だががっちりした身体つきの金之助――が、十手を取り出して、女に渡す。

「その十手は」

「だから、あたしはただの小娘じゃないって、言っただろう」

　そう言って、頭巾の女は一歩踏み込んでいく。

　小刀を手にしたお桃は奥へと後ずさってゆく。社の入り口にはふたりの男が構えているので逃げ場はない。

「おとなしく御用になりな！」

頭巾の女が十手を手にお桃へ向かっていく。

「しゃらくせぇっ‼」

お桃は一瞬の間に着物の胸元に手を突っ込み、中から取り出した紙にくるまれていた粉に息を吹きかけ撒《ま》き散らす。

「うっ」

狭い社の中で、お桃が撒いた白い粉が舞い、頭巾の女は目を閉じてしまう。

「なんか気持ちいい……ぁあ……」

後ろにいた玉五郎が、酔ったかのような声を出して、膝をつく。「俺も……ぁあ……」と、金之助も力をなくしたようで、ふらついている。

この粉は、さきほど己が飲まされた、男を酩酊《めいてい》させ意識朦朧とさせる薬か――兵衛はそれに気づいたとたんに完全に意識を失い、お桃は力を失った男ふたりの狭間《はざま》を抜けるようにしてすさまじい速さで駆けぬけていった。

「しまった」

頭巾の女は頭巾のおかげで粉を吸い込むことはなかったようだが、金と玉と呼ばれた男たちは、力が抜けたようでへたりこんでいる。

足元の兵衛は、乳首を片方出して股間を勃起させたまま気を失っており、頭巾の女はそれに気づくと「やだっ‼」と、顔をそむけた。

「あ、気がついたみたい」

兵衛が薄《うっす》ら目を開けると、お七の丸い顔が自分を覗《のぞ》き込んでいた。

「片山さまが目を覚まされたよ」

お七が呼ぶと、銀次郎とお加代が部屋に入ってきた。兵衛は、ここはどこだろうと辺りを見回す。自分の家ではないのは間違いない。

「白湯《さゆ》をどうぞ」

目が覚めた瞬間に、ひどく喉が渇いていたので、お加代の差し出した湯呑《ゆのみ》を手にした。ちょうどいいぬるさだったので、ゆっくりと口にする。

兵衛は、記憶をたぐりよせる。神社の社で、お桃と名乗る切れ長の目の女と会ったのだが、そのあとの出来事は意識が朦朧としていたせいかまるで夢の中の出来事のようだ。

何か恥ずかしい出来事があった気がするが——はっきりとは思い出せない。

ただ、股間が硬くなっていたのは確かだ。

「あの女に薬を飲ませられたんです。これまで裸にされたお侍さんたちも、そのような目に遭ったのでしょう」

お七がそう告げると、兵衛は俯《うつむ》く。

「なんたる不覚――夜鷹ではなかったので、油断しておったかもしれぬ」

「いえいえ、片山さまは、見事に役目を果たさはりました。囮になっていただいたおかげで、正体も目的も見えてきました」

そう言って、銀次郎はにやりと笑みを浮かべた。

「金と玉――あ、いえ、金之助と玉五郎も薬を少しばかり吸ってはしまったんやけど、もう元気になって家に戻りました」

金之助と玉五郎――あの、社にいた男たちのことか。どうやら銀次郎の手下らしいと兵衛も悟る。しかし、あの頭巾をかぶった女が、「金玉!!」と口にしたときは、こちらのほうが恥ずかしくなってしまった。

そういえば、あの頭巾をかぶった女は――兵衛が起き上がると、足元に座っているお七と目があった。大きな潤んだ瞳、澄んだ眼差し――。

「あれは、そなたか」

兵衛がそう問うと、お七は困ったような表情を浮かべて、銀次郎のほうを見る。

銀次郎は苦笑しながら、口を開く。

「片山さま……我々夫婦は、お七を嫁入り修業させて、ええところに嫁がせようとしたんやけど、父親の血のせいか、とんでもないやんちゃ娘になってしもたんです。女だてらに、父のように岡っ引きになりたいと申すのです。花を活《い》けたり三味線を習うよりも、剣術の道場に通い腕をあげまして、そんじょそこらの男じゃかなわぬほどの腕前で、しかも身も軽く、この銀次郎としては、御恩のある八之助親分には申し訳ないと思っておるんですが……」

銀次郎が、薄くなった頭をかくと、お七が口を開く。

「父がそれを望んでいたのよ。子どもの頃に、あたしに剣を教えたのも父だもの。お七、お前が江戸を守るんだぞって。公方《くぼう》様のために、江戸の悪をのさばらせるなって」

「八之助親分の形見の十手を、子どもの頃から、お七が離さへんのです……そうは言うても、危ないし、人の恨みも買うし、わしはずっと反対して、それでよう喧嘩《けんか》はしたんやけど、去年、十七歳になったときに、このお七が、取返しのつかんことをしまして——」

「取返しのつかぬこととは?」

兵衛が聞き返すと、銀次郎は困った表情をしているが、お七は笑っている。

「まあ、それはいずれ……ただ、それでこの娘の覚悟をわしも思い知りました。せめて、嫁入り前の娘やから、顔を隠してくれと頼んで、頭巾をかぶっておるのです。それに、女にしかできんこともあります。昨夜のように、夜鷹のふりをして張りこむのも、お七がおってくれるからこそのことで」

「しかし——」

兵衛は、どうしても心配になってしまう。腕に自信があるとはいえ、女ではないか。力では男には敵《かな》わぬ。このような愛らしい娘が傷つけられるなど、考えたくもない。お七は、かつて兵衛が心を奪われた女によく似ていた。だからこそ、危険に晒したくはなかった。

「それにしても、あの女を取り逃してしまったのも不覚だ。顔は覚えているが……ところでお七どの、どうしてあの女が、昨夜は橋の付近ではなくて稲荷におるのを知っていたのだ」

兵衛が問いかけると、お七はにこりと笑う。

「寒くなってきましたから……男に何かするのも屋根のあるところに場所を変えるのではないかと思っていて、あの稲荷を玉五郎に張らせていたのです。あの稲荷は、人がおりませぬゆえに、不埒《ふらち》なことに以前から使われていたので、案の定でした」

「なるほど」

兵衛は感心して、頷《うなず》いた。

「しかしあの女を、次はどうして見つけるか——」

「片山さま、それもお任せください。目星はつきました」

「何と」

兵衛はお七のほうを向いた。

「今日はゆっくりとお休みください。うちにいていただいて結構ですので。明日、片山さまに行って欲しいところがございますから、それまでごゆるりと」

お七がにこりと笑い、頭を下げると、胸元から白い豊かな乳房の谷間が見えて、兵衛は目をそらした。

翌日の午後、兵衛は銀次郎の家に立ち寄り、お七と共に、東へ向かった。今日のお七は、華やかな紅色の小袖を纏《まと》い、同じ色の簪《かんざし》を挿して、一段と可愛らしい。

「お七どの、どこへ行くのじゃ」

「ついてきたらわかります」

すっかり打ち解けているのか、それとも恥ずかしい姿を見たせいか、お七の口調もくだけていて、兵衛はそれが心地《ここち》いい。ふたりでこうして歩いていると、まるで夫婦のようだなと笑みが浮かぶが、きっとどこか見えないところに、金之助と玉五郎もいるのだろう。

「片山さまは、春画は御覧になりますか？」

歩きながらお七がそう聞いてきたので、兵衛は戸惑い、立ち止まってしまう。

「お、お七どの、何を」

「春画ってご存じありませんか？　男女のまぐわいの絵でございます」

「もちろんそれは知っておるが……」

一時期は風紀を乱すと禁じられていたこともあったが、それを取り締まるはずのお上の間でも出回っていたことを兵衛は知っている。男たちの間だけではなく、大奥の女たちの間でも愛好されていると噂に聞いた。

「見たことはある。朋輩《ほうばい》に見せられて……いや、拙者も男だから、興味もあった」

ただ、兵衛からしたら、男性器も女性器も大袈裟《おおげさ》に細かく描かれている絵は、露骨で興ざめするものに思えた。兵衛とて、女を知らぬわけではないが、暗闇の中で交わるから、女のその部分をはっきりと見たことはない。しかし、あのようなえげつないものだとしたら、どちらかというと見ないままのほうが興奮すると思ったぐらいだ。

好奇心で手にしたことはあるが、金を出して買ったことはないし、好きでもない。

「あまり、好きではござらん。あからさますぎる……」

「確かにそうでございますね。あたしはどちらかというと、あれを見ると笑ってしまいます」

兵衛は驚きを隠せなかった。

「お七どの――ああいうものは、そなたのような娘が見るようなものではない」

兵衛が少しきつい口調でそう口にすると、お七は頬を膨らませて拗《す》ねた顔を作る。

「片山さま、お七とて子どもではありません。それに、女でも、そういうことに興味を持つのは当たり前なのですよ。それをわかっていただけなければ、この事件は解決いたしません」

「は？　それがこの件と関係あるのでござるか」

「あります」

そう言いながら、お七は兵衛を追い抜かし、速足で歩いていく。

「すけべぇなのは、男だけではなく、女も同じです。女から男にいやらしいことを仕掛けることもあります。ですから、あの夜、片山さまも、女に口を吸われて、あんなことやこんなことをされて悦ばれて、いやらしい気持ちになっていたではございませんか。あたし、全部、見ておりました」

兵衛は赤面した。やはり見られていたのか——不可抗力で、はっきり覚えていないとはいえ、女に弄ばれていたのは確かなので、言い訳ができない。

「片山さま、えすえむはご存じですか？」

「はぁ？　えすえむ⁇　知らぬ」

「えすえむというのは、さど、まぞ、そのふたつを組み合わせた言葉でございます。

父によると、男と女のまぐわいの、その上の更なる楽しみだとか」

「更なる楽しみ、か」

兵衛は答えながら、この年端もいかない若い娘に銀次郎は何を淫らなことを教えているのかと呆《あき》れていた。気さくで面白い男だとは思っていたが、嫁入り前の娘に話すことではない。

「お七どの、えすえむとやらは知らぬが……銀次郎がそのような話をそなたにするのはどうかと思うのだが」

「片山さまって、本当に噂通りの堅物でございますね。本当の父である八之助も、銀次郎も、『世の中の悪を知るには、人間の欲を知らねばならぬ。悪は欲から生まれるものだ』と言っております。欲の最たるものは、お金と、そして男女の色欲でございます。ですから、あたしの家では、幼い頃から、そういうことは包み隠さず教えてもらいました」

「銀次郎だけならともかく、お加代どのは平気なのか」

「どちらかというと……父より母のほうが好きものかと……いえ、それはともかく、えすえむというのを好む者たちがおりまして、それが今回の件に、深く関わっているのでございます」

「わからぬ……」

兵衛は歩きながら、腕を組んだ。

この若い娘は、兵衛の想像を絶することばかり口にする。

「あれ、あの店でございます」

お七が立ち止まった。様々な店が立ち並ぶ中に、薬屋があり、そこを指さした。

暖簾には〈くすり　いが屋〉と書いてある。

「あの薬屋が、どうした」

「片山さま、あの店にひとりで行ってくださいませ。そして、店主に、『何をお求めで』と問われたならば、『えすえむを求めておる』とおっしゃってください。あとは店主に従ってくださったら結構です」

「えすえむ、か……ところで、お七どのは――」

「あたしはのちほど……それより、油断なさらないでくださいね。今度こそ、縛られて裸にされてしまいますよ」

お七はそう言うと、楽しげな表情になった。

小さな薬屋だった。箱が幾つか並べてあるだけで、客が三人でも入れば身動きとれなくなりそうに狭い。

兵衛が暖簾をくぐって入ると、「いらっしゃいませ」と、声がした。見れば、白髪と髭《ひげ》の痩せた男だ。肌艶がいいので老人というほどではないようだ。

「何をお求めですかね」

男がそう言ってきたので、兵衛はお七に言われたとおり「えすえむを求めておる」と、口にする。

「……ほぉ……お侍さまも……これは見かけによらぬ。どなたかの紹介ですか」

男の表情は変わらないが、急に緊張感が漂ってきたのを感じて、兵衛は無言で頷いた。

「どうぞ、おあがりください。奥でお渡しします」

導かれるままに、兵衛は草履を脱ぐ。襖《ふすま》を開けると、広い畳の部屋があった。床の間があり、新しい畳を使っている。店頭の古く狭い様子とは、ずいぶんと雰囲気が違う。

お茶を目の前に出されるが、兵衛はためらっていた。しかし手をつけないのは怪しまれると、口をつけたふりだけして戻す。

その間、男が押し入れから、木の箱を三つ取り出してきた。

「これを――お侍さまは、どれがお好みかわかりませぬゆえ」

そう言いながら蓋を開けたので、兵衛は中身を覗き込み驚愕《きょうがく》する。

春画だった――男と女がまぐわっている絵だ。しかし春画ごときで今さら大の大人が驚きはしない。

そこにある絵は、兵衛が見たことがないものばかりだった。男が縛られ悶絶《もんぜつ》し、尻の穴と性器を剝き出しにして、女たちに筆や舌で弄ばれ羞恥で赤面している絵や、男が四つん這《ば》いになって首輪をつけられ犬のように這っているものだ。縛られた男が蠟燭《ろうそく》を垂らされて悶絶しているものもある。

「これは――」

「えすえむで、ございます。えすえむというと、世の中には、女が縛られたり虐げられるものだと思っている者が多いですが、このように男がされる側であるものを好む者たちも増えてきているのです。女が縛られているえすえむの絵や、男女の普通の春画を扱っている店は江戸に何軒かありますが、このような、男が縛られている絵を扱っているのは、この店だけ……いえ、お侍さまも、そのようなものを好むうちのひとりで、だからここにいらしたのでしょうから、おわかりいただけると思いますが」

「う、うむ、もちろんだ」

「ありきたりのものでは物足りないものもおります。また、お侍さま、おなごは皆、強い男が好きで、男に組み拉《しだ》かれるのが好きだと思ったら、大間違いでございます。こうして男を縛り、男に恥ずかしい格好をさせ、苦悶し羞恥する姿を見て興奮する女もおりまする。いえ、女だけではなく、男でも、このような男を好む者は少なくございません」

「よく描けている……」

兵衛は動揺を押し殺しながら、そう口にする。

「これはお主が、描いたのか」

「へぇ……お恥ずかしい話ですが、私どもの薬屋は、精力剤なども扱っておりますので、好事家《こうずか》の方たちとも懇意になります。あの方たちは欲も底なしで、またそういう方に限って身分が高かったり、稼ぎのいい商人だったりしますので、様々な効果のあるものを望まれます。春画は取締りに遭いましてから、扱うのが厳しくなりましたが、また落ち着いて参りましたので、こうしてこっそりと売られるようにはなりました。ただ、それでは満足できぬ方もおり——私はもともと、伊賀《いが》の生まれで、薬屋は家業でございますが、若い頃、江戸に出てきて、その折に、ある有名な絵師と知り合いました。名前はきっとお侍さまもご存じでございます。もう亡くなった方ですが、きっと後世に残るであろう人ですので——話がそれました」

男は流暢《りゅうちょう》に喋《しゃべ》りつづける。

「その絵師の方が、密《ひそ》かに春画を描かれていたのです。私が感銘を受けましたのは、その方は実際に男と女が絡み合う姿を見て描いておられたことです」

「そのように、営みを他人に見せるものが、おるのか」

「遊女に頼み込んでさせたこともありますし、好きもの夫婦にさせたこともあるとのことでした。私も、その方の影響で絵をはじめ、男と女の絡み合う姿を傍で見て、同じように描いておりました……しかしだんだん絵師は、本業である役者絵のほうが忙しくなり、春画を描く機会も減りましたし、そのうち病で亡くなりましたし、その頃は私も江戸で薬屋を開きました。ただ、さきほど申したように、精力剤などを売っておりますと、お客様から様々なご要望も来まして、私自身も商売というよりは、師匠の元で絵を描いていた楽しみが忘れられずと言ったところでしょうか……もう一度絵筆をとったのでございます。しかし、頭の中で考えたものを描こうとしても、どうも出来がよくない。やはり師匠と同じく、私も見たもの以外は描けないと思いました」

「それにしても、どうして、男の、しかも、このように縛られた姿を」

兵衛がそう問うと、男はにやりと笑う。

「それはお侍さま、さきほども申しましたように、好む方がいらっしゃるからですよ」

「絵を見るからに、これは御家人ではないか。隣に大小と裃《かみしも》があるが……」

「そうでございます。お侍さまです。町人や、商人、ましてや陰間《かげま》よりも、お侍さま――御家人の、強い男がこうして力を失い羞恥の姿をしているほうが、好かれるのですよ。強い者が組み拉かれるのを好きな女が、世の中にはたくさんおります。大奥でも――」

「大奥となー」

噂には聞いていたが、やはり本当なのか。

「あそこは欲求不満の女の吹き溜《だ》まりです。公方様の御威光で欲を抑え込まれた女たちが、自分たちを不自由にさせているお上の象徴である侍のこのような姿を見て悦び、自分を慰めるのでございます。女も、男と同じく、人を支配し屈服させて興奮するものがおりまする」

そう言うと、男はすっと立ち上がる。同時に、うしろの襖が開き、相撲《すもう》取りのような屈強な男たち数人が現れ、兵衛の背後に立った。兵衛が立ち上がり刀に手をかける隙もなく、男たちが兵衛の両腕を摑み組み伏せる。

「お主は——」

「お侍さま、店にいらしたときから、気づいておりましたよ。のこのこと、何か探り当ててこられたんでしょうけれど、それなら生かして帰すことはできません」

兵衛は男たちにさるぐつわをかまされ、声が出ない。

「一度、口を吸った男の顔を、忘れませぬ」

男はそう言って、髭を剝がし、白髪に指をかける——偽の髭と、鬘《かつら》だったのに兵衛は気づく――切れ長の目に、筋の通った形のいい鼻に薄い唇と青白いぐらいの白い肌――その顔には覚えがある。

あの、お桃と名乗っていた女だ。華奢な女にしては力があると思ってはいたが――。

「お侍さま、この薬屋の正体を知られたからには、黙って帰すわけにはいきませんが、楽しませていただきますよ。いえ、何しろ、私自身にも、そういう癖がありましてね。私は男ですが、男も女も、どちらも好きなのでございます。また、強い男を組み伏せていたぶり可愛がるのが何よりも興奮するのです。そうして男を縛り、恥ずかしい格好をさせ、絵に描くのは、私自身が好きなんですが、世の中には、同じ趣味の方が少なくないので、いい商売になります……。しかし、なかなかそんな相手をしてくれるお侍さまはおりませぬので、夜鷹に扮《ふん》して男を誘っておりました。薬屋ですので、男を思い通りにする薬には、困っておりませぬし。何しろ、物盗りでもなく、殺しでもない。裸にされた侍も、恥ですから奉行所に申し出ることもないと思っておりましたけれどもね……」

――おぬしは、何者だ――さるぐつわをされながら、兵衛がそう問おうとした。

言葉にはならないが、男は察したようだ。

「ただの薬屋でございますよ。お侍さま——私は徳川のお侍が嫌いでね……私は伊賀の者だと申しましたでしょう。先祖は伊賀忍者でございますが、徳川家康《いえやす》公に仕えた服部半蔵《はっとりはんぞう》様に背きました一族でございます。徳川の犬になった半蔵様に背いたおかげで、私の一族は伊賀で石つぶてを投げられ、徳川と服部家を代々恨んでおります。ですから、徳川の御威光をかさに着て偉そうにしているお侍さまに恥ずかしい格好をさせるのは、なおさら興奮するのですよ。お侍さま——私の名前は、桃雲《とううん》斎《さい》と申します。さて、お侍さまはどう料理いたしましょうか。まずは下半身だけを裸にして、じっくり男のものを観察しましょうか。先日は妙な女に邪魔されましたからね……今日は、たっぷりと味わわせていただきましょう」

伊賀忍者の末裔《まつえい》——そんな者たちがまだ江戸にいるのか、兵衛は驚愕した。あの薬の処方も忍者の家で代々伝わるものなのか——。

にやりと笑った桃雲斎の顔は、艶《なま》めかしく美しい——兵衛はこんな状況なのに、そう思ってしまう。

男たちが、兵衛の袴に手をかける。

やめろ――兵衛は顔を真っ赤にして目をつぶる。

「もし勃起していなければ、私が口でしてあげますよ。先日は乳首だけでしたものね」

桃雲斎はそう言って、舌なめずりをしながら、兵衛の股間に手を置く。

「おや、もう硬くなっているじゃありませんか」

「そこまでだ」

女の声がした。

部屋にいる男たちは一斉に声のほうを向いた。声と同時に襖が開き、頭巾で顔を隠して着物の裾をはしょり、むちむちした太ももを剝き出しにして十手を手にした女が立っている。

「お前は」

桃雲斎が、兵衛の股間から手を離し、立ち上がる。

「そのお侍さまから、離れな」

女が一歩、踏み込んでくる。

「小娘が、また邪魔をしおって。お侍さまだとて、嫌がってはおらんではないか」

そう言うと、桃雲斎は、足の裏を兵衛の股間に添えてぐるぐると動かす。

「うぅつっ」

兵衛はその微妙な触り加減に、思わず声を漏らしてしまう。ときに桃雲斎は、足の親指とと人差し指で兵衛の肉の棒を押し刺激する。

ダメだ——感じてしまう——気持ちがいい——男の足なのに——。

「ほら、お侍さまは悦んでいらっしゃるよ」

「楽しいことをしたければ、そのさるぐつわをとって、自由にしてからやりな。桃雲斎とやら、お前が今まで徳川の侍を色香と淫らになる薬で惑わし、恥辱を与えたのは、そこにある、えすえむの絵が証拠だ。おとなしくお縄になりな」

「これは、笑止千万」

桃雲斎は、馬鹿にしたように、声を出して笑う。

「私を捕えて、どうする気か。お侍さま方の恥が世間に広まるだけだぞ。天下の徳川の侍が、女の色香に迷って裸にされたとな。盗みをしたわけでもなく、人を殺したわけでもないのに、どうやって裁くつもりかな。恥をさらすだけではないか」

「それでも、そなたが徳川の侍を獲物にし続けるならば、捕えねばならぬ。十分な罪だ。おぬしが言っていたように、徳川に恨みのある伊賀者なら、なおさらにな」

「女の身で、何ができるというのか――」

桃雲斎は、背後から刀を取り鞘から抜き、女に向ける。

「この小娘が――」

桃雲斎が刀を向けると、女は十手でそれを払いのけると同時に、脚を振り上げ、桃雲斎の脇腹に蹴り込む。

桃雲斎はとっさによけて、もう一度、両手で刀を構える。

「どちらにしろ、多勢に無勢じゃ」

兵衛を抑えていた五人の男のうちのふたりが、立ち上がり、刀を構えた。

「金！　玉！　金玉!!」

女がそう言うと、背後から、ふたりの男が現れる。金之助と玉五郎だ。

「最初から、狙いをつけて張っていたのか……女、お前は何者だ。お縄になってやってもいいが、誰かわからぬ小娘にこの桃雲斎、我が身を託すわけにはいかぬ。何者か、名乗れ――」

頭巾の女は、十手を構えたまま、胸を突き出し、両手で着物の衿を掴み、勢いよく左右に開いた。

「何――」

桃雲斎が驚愕の表情を浮かべ、兵衛も顔をあげて、視線を止める。

着物の衿から、白く豊かな乳房が溢《あふ》れた。ギリギリまで乳首は見せず、輝くような艶やかな乳房の谷間が晒け出される。

しかし何よりも、目を止めたのは――右の乳に彫られている、葵《あおい》の紋だ。

「あたしは、葵の紋を乳房の半分に入れた女――半乳《はんちち》と呼ばれているのさ。この紋は、あたしの血の証明だよ」

「おぬしが半乳――噂には聞いたことがある。徳川の将軍の血を引き、葵の紋を自らの乳房に彫った女がいるとは――」

「そうさ、あたしが半乳だよ。徳川の名において、江戸の悪は許しちゃおけねぇ‼」

半乳が、乳房の谷間をあからさまにしたまま、十手を手に兵衛を囲む男たちを払いのける。乳房が、ぷりんぷりんと揺れる。

なんて形のいい豊かな乳だ――そう見惚《みと》れて隙を見せた男たちが力を抜いた一瞬

に、兵衛は立ち上がり、腰の刀に手をかける。

「半乳親分！」

　金と玉が、兵衛と半乳の両脇を囲んだ。

「ふっ……なるほどな……ただの小娘かと思ったら、幕府の手のものか……それならこちらもお縄になるしかないな」

　桃雲斎は、そう言うと、刀を畳の上に落とした。

　金之助と玉五郎が縄を取り出し、桃雲斎に近寄る。

「徳川の犬に捕まってたまるか！」

　二人が縄を手にかけようとした瞬間、桃雲斎が、そう叫ぶのと同時に口から霧のようなものを吹き出した。

「うわっ！」

　半乳たちが痛みを感じ目をつぶる。

「この桃雲斎、今、お縄になるわけにはいかぬ——また会おうぞ！　半乳！　その股間を硬くしたままの侍もな！」

　桃雲斎の言葉が部屋に響き渡り、半乳が目を開けた瞬間、桃雲斎も男たちも姿を消していた。

「しまった――あいつは薬を自在に操る男だった――しかも忍者だから身が軽い」

半乳は舌打ちをして、悔しさを瞳ににじませる。

「ともあれ、片山さま、御無事で何よりです」

「――お七どの」

兵衛は戸惑いながらも、着物の衿元から半分溢れた白い乳房から目をそらし、膨らむ股間が気づかれぬようにと、身体をよじった。

翌日――兵衛は、茶屋の赤い毛氈《もうせん》に腰掛けていた。

「お待たせしました」

そう言って、前掛けをしたお七が団子を兵衛の前に置く。

「お七どの」

「はい」

「まだわからぬことが多いのだ。話をしてくれぬか」

他に客はいない。お七はそのまま兵衛の隣に腰掛けた。今日は衿元はきっちりと合わせてはいるが、その隙間から見える白い肌で、兵衛は「半乳」の豊かな乳房を思い出し、胸の鼓動が高鳴るのを必死で抑える。

「あの薬屋が怪しいのを、いつから見抜いていたのだ」

「社で、桃雲斎は逃げるときに粉薬を放ちました。私は頭巾をしていたのでそう影響はなかったのですが、金と玉にあとで聞くと、あの薬は、媚薬《びやく》だと申しました」

「媚薬、とな」

「殿方の性欲を高め、意識を奪う薬でございます。それの、とても強いものだとか……少しの量なら精力剤になるのですが、飲み過ぎると頭に血が上り過ぎて身体が思い通りにならなくなるらしいのです」

兵衛は、自分の頭の中が朦朧としながらも、股間だけは力を失わなかった状態であったのを思い出した。

「というのも、玉五郎は、吉原《よしわら》で遊んだときに、それを試したことがあるらしいのです。勃《た》たなかったときに、遊女から『お客様にもらったから試して』と、差し出されたとか……そのときの感覚と同じだと申しておりました。飲み過ぎてしまい、ただ勃起するだけで、意識が朦朧としてしまうから、自分からは何もできなくて役に立たないわと愚痴っておりましたが……」

お七は袖を口にあてて、何やらおかしげに笑う。

「江戸で、ああいう薬を扱っている店は、幾つかありますが、父の手下たちが聞き込みをして薬屋を調べたところ、あの桃雲斎という男の店が何やら怪しいと……いえ、実は、お恥ずかしい話ですが、父はあの店で薬を買ったことがあるのです」

「銀次郎どのが？」

お七は赤面する。

「父と母は仲が良い夫婦でございまして……その……」

さすがに言いづらいのか、お七は言葉を濁す。

いつのまにか、銀次郎が店先に入ってきていた。

「かかあといつまでも仲良ぅしたいんやけど、片山さま、なにぶん、わしも若くないんで、身体が思うようにならんときもあります。玉五郎から聞きまして、『媚薬』というものを使ったらええなぁと、あの店に参りました。あとで噂で聞くところによると、薬だけならず、怪しげな絵も扱っているそうで……ただ、そちらは、お武家や、吉原、豪商など、決まった客相手にしか商売しておらず、紹介がないと入手できひんと言われました。その紹介の合言葉というのが、あの『えすえむ』なのでございます」

「なるほど、そうか」

「薬屋の噂とは別に、侍を裸にして縛った絵を高値で取引してるもんがおるのは、ある身分の高いおうちでチラッと耳にしておりましてな。その家の好きものの女房は、普通の男女の春画では見慣れて満足できひんらしく、侍の恥辱姿がたまらへん言うて……それがまた、ようできてる絵やと聞きましたので、ひょっとしてと、あの薬屋のことを思い出したのです。それを確かめるために片山さまに薬屋に行っていただいて……」

「また囮にされたと、いうことか」

兵衛は苦笑した。

「しかしつくづく情けない。お七どのの助けがなければ拙者は二度も、桃雲斎に好きに弄ばれるところだった」

そのことを想像すると、兵衛は鳥肌が立つ。あの時だって、下半身を露《あらわ》にされかけていたのだ。

「しかも結局、取り逃がしてしまった」

「けれど、あの言葉の通り、しばらくはあの男は江戸から離れましょう。怪しいとは思っておりましたが、まさか徳川に恨みを抱く伊賀の者だとはあたしも父も見当がつきませんでした。また、きっと、現れます――そのときは半乳が許しません」

そう口にしたお七は、そっと着物の上から自分の乳房にふれる。

「お七どの、その葵の彫り物は」

お七の代りに、銀次郎が口を開く。

「十七の時に、親に内緒で入れやがったんです。片山さま、この前も申しましたが、わしはお七には、嫁に行って、平和で穏やかな暮らしをしてくれるように望んでたんやけど、こいつがどうしても聞かへんのです。そうして、ある日、彫り物を入れやがりましてね……そこまでの覚悟があるんやったら、もう好きにしたらええ、と……諦めました」

そう口にした銀次郎の目は、涙ぐんでいた。

「お七の父親は、先に申しましたように、八之助親分……お七の母親は、先々代の将軍が侍女に産ませた女でございます。お七の母親は、大奥の御台所《みだいどころ》の目を恐れて、旗本の家で育てられたんやけど、そこで、ある事件のために出入りしていた八之助親分と知り合いまして……しかし身分違いの恋で添い遂げることはできひんかった。それでもお七には、徳川の将軍の血が確かに流れているのは、八之助親分の恋を見守ってきた、この銀次郎が証明します。お七は、嫁に行き、誰かの妻として男に尽くすよりも、徳川幕府のために、江戸のために働きたいと申しまして……片山さま、そういうわけで、今後とも、何とぞお七、いや、半乳をお頼み申します」

今にも泣き出しそうな銀次郎に頭を下げられ、兵衛は戸惑うが、「承知した」と頷くしかない。

「しかし……お七どの、あのような……肌を見せることは、はしたないから、やめたほうがいい」

銀次郎がお加代に呼ばれ奥に戻り、お七とふたりきりになったので、兵衛は小声で、そう言った。

「肌を見せるとは……乳でしょうか、脚でしょうか。脚は動きやすくするために、着物をたくし上げております。ちゃんと下ばきも穿《は》いておりますので、ご安心を」

「いや、脚もだが……胸は……見えそうではないか……その」

「乳首でございますか？　片山さまが気にされているのは」

「まあ、そうであるが、おなごがあのように乳房を見せることが……」

兵衛がしどろもどろにそう言うと、お七はふいに両手で衿元をつかみ、ぐっと横にひく。

「お七どの、何を──」

あのときと同じく、お七の豊かでぷるんぷるんとした乳房が半分晒け出され、葵の紋が見える。

「片山さま……あたしはこの葵の紋を誇りに思っております。自分が将軍の血を引いているのを。だからこそ、よく見える、目を引くところに彫ったのでございます。あたしのこの、乳房に──」

「隠されよ、お七どの」

兵衛はまた、自分の股間が疼きだしたのに気づいていた。赤面して汗が出る。

「しっかりご覧ください、片山さま。これが、お七──いえ、八之助親分と徳川の血を引いた半乳の誇りでございます。でも、ご安心ください、乳は見せても、決して乳首は見せませぬ。そこは、本当に好いた男だけのものでございますから──そういう殿方には、まだ出会えておりませぬが」

お七はそういうと、初めて頬を赤らめて羞恥の表情を見せた。

「決して、エロ……いえ、江戸の悪は許しませぬ。そして、決して好きな男以外には乳首は見せませぬ……あたしは、半乳で戦います」

そう言うと、お七は、兵衛の眼の前に半分出た乳房をさらに突き出しながら、愛嬌のある笑顔を見せた。

二、吉原初恋の巻

　大きなため息をついて茶屋の暖簾《のれん》をくぐり片山兵衛が入ってきたので、店にいた客たちは、何事かとそちらを向いた。

「いらっしゃいませ——片山さま、あら、どうしたんですか、その憂鬱そうな顔」

　茶屋の看板娘のお七が明るく声をかける。

「かたじけない……」

　兵衛自身はそこまで自分が感情を露《あら》わにしているとは思っておらず、ため息も無意識だったので、おもわず謝ってしまう。

「まあまあ、甘いものでも召し上がってください」

　茶を出すとともに、丸く愛らしい顔と大きな瞳のお七がそう声をかけてくれると、兵衛は少しだけ気持ちが軽くなるような気がした。もっとも、そのお七に、これから話す頼み事が兵衛の気を重くしているのだが——。

「いつものお団子でいいですか」

「頼む」

店には数人の客がいて、賑《にぎ》わっている。看板娘のお七の人気もさることながら、女将《おかみ》のお加代の作る団子や汁粉、きなこ餅が美味《うま》いのだ。

「わしがこうして岡っ引きなんぞできるのも、お加代のおかげや」

お加代の夫であり「神田の銀次」こと、銀次郎親分は、若い頃は京で荒れた暮しを送ってきたこともあるらしく、未《いま》だに上方の言葉が入る。そんな銀次が江戸に出てきて世話になったのがお七の父親の八之助という伝説の岡っ引きであった。八之助は身分の高い女と恋仲になってお七をもうけたが、添い遂げず若くして亡くなり、銀次郎とお加代の夫婦がお七を育てているのだ。

もっとも、その十八歳の女ざかりであるお七が、父の遺志を引き継いで女ながらに十手を手にしているのを知ったときは驚いたが——。

お七がもってきた餡《あん》をのせた団子を食べて、兵衛は「美味い」と、口にすると、お七がくすりと笑う。

「甘いものは疲れもとれますし、一瞬だけでも人を幸せな気持ちにします。片山さま、ずいぶんと思い詰めた顔をされていましたが、少し柔らかくなりましたよ」

自分より年下のお七に励まされていると気づいて、兵衛は嬉《うれ》しさよりも恥ずかしさが先に立つ。お七を最初に見たときから惹《ひ》かれているのは、かつて心を奪われた女に似ているからだ。そして、その女とのことが傷になって、兵衛は二十四歳の今までひとり身のままなのだ。

「今日は、父も奥におります。呼んできてご挨拶させましょう」

お七がそう口にして、銀次郎を呼ぼうとするのを兵衛は止める。

「あ、いや……拙者、今日は銀次郎どのとお七どのに頼みたいことがあって参ったのだ」

兵衛がそういうと、お七が辺りを見回す。

「……父はともかく、あたしに頼み事があるということは……まだお客さんがいますから、片山さま、団子を食べ終えたら、奥へどうぞ」

お七はそう言って、お加代に小声で何かを告げて、茶屋の奥へ入っていった。

「ほぅ……吉原ねぇ……」

兵衛の話を聞き終えた銀次郎は、煙管《きせる》を口にしたまま、薄笑いを浮かべてそうつぶやいた。相対する兵衛は、対照的に、最初にこの店に来たときと同じく深刻な表情を浮かべている。

「わしも江戸に出てきたばかりの頃は博打《ばくち》で儲《もう》けて足を運んでおりました。もっともお加代と一緒になってからはとんとご無沙汰やけど……」

吉原は江戸幕府公認の遊郭であり、一時期ほどではないが賑わっていた。岡場所と呼ばれる私娼窟《ししょうくつ》はあちこちにあるが、幕府が認めているのは吉原だけだ。

お七は興味深げに、大きな瞳で瞬《まばた》きを繰り返しながら話を聞いている。

「それで、片山さま、要するに、お七に遊女のふりをして吉原に潜り込んでくれ、とおっしゃいますか」

「銀次郎どの、もちろん、お七どのを危険な目に遭わせはせぬ。拙者が傍《そば》でお守りいたす……あ、いや、心配なさらぬように。もちろん拙者はお七どのには指一本触れるような真似《まね》はせぬと約束する」

銀次郎は苦笑した。

片山兵衛の頼みというのは、以下のようなことだった。

吉原一とも言われる見世《みせ》の「奈良屋《ならや》」に深夜に幽霊が現れるというのだ。経帷子《きょうかたびら》のような白い着物を着た白塗りで唇の赤い白髪の女らしい。特に何か被害があるわけではないが、あれは悲惨な死に方をした遊女の亡霊ではないかと噂《うわさ》が広がり、奈良屋では客足も減り商売に支障が出ているという。

「何故に拙者のような同心が関わるのかと言うと――旗本や御家人にも吉原に出入りしている者は少なくなく……恥ずかしい話だが、さる御老中の御子息が奈良屋に通い詰め、未払いの揚げ代がかさんでおり、楼主から帳消しにするのと引き換えに、幽霊の正体を突き止めてくれとの申し出があったのじゃ。吉原は拙者の管轄ではないが、その御老中が、父の代から世話になっている方ゆえに、どうしてもと頼まれた次第だ」

「そういった話やったら、公にはできひんから、内々に片山さまに頼んできはったというわけですな」

銀次郎がくわえていた煙管を置いて、そう言った。

「幽霊……片山さまは、ご覧になったことはございますか」

お七が問いかける。

「いや、拙者は見たことも何かを感じたこともないし、信じておらぬ」

「あたしもですの。いないとまでは申しませんが、見たことはございません。ただ……場所が吉原ですので、無念な想いをして亡くなった方も少なくないとは思います。その楼主さまも、心あたりがあるのではございませんか」

さすがにお七は鋭いと、兵衛は感心した。

「お七の言うとおりや。吉原には許されぬ恋に苦しみ心中した女、病を患っても帰るところなく亡くなった女、足抜けをしようとして楼主に折檻《せっかん》されて、自ら命を絶った女……そのような不幸な女の話がいくつもあるんや。奈良屋の主人だとて、そういう女たちをたくさん見てきたやろ。そやから、幽霊に怯《おび》えてるんちゃうか」

銀次郎は遠くを眺めながら、そう言った。

「それで、お七どの、拙者と一緒に吉原に来て欲しいのだ」

「吉原に行って遊女のふりをして、探りをいれたらよろしいのですね」

兵衛は黙って頭を下げた。

気が進まぬが、兵衛ひとりが吉原に行ってもどうにもならぬ。客のふりをして嗅ぎまわるのは不自然だから、協力者が必要だった。そう考えたときに、これはお七に助けを仰ぐしか手段はないという結論に達したのだ。

「真似事だけでいいのだ。とはいえ、遊女のふりをするのが嫌なら、断ってもらってもかまわぬ」

「喜んで、お供させていただきます」

お七が嬉しそうにそう言って、銀次郎も、承諾したとばかりに深く頷《うなず》いた。

「吉原の遊女の格好、一度、してみたかったんです。ああ、楽しみ」

兵衛は「かたじけない」と深く頭を下げた。

田んぼの中の不便な場所にある吉原へ向けて、その近くを流れる堀を猪牙舟《ちょきぶね》で進む。はしゃいでいるお七とは対照的に兵衛は腕組みをしてじっと水底を眺めていた。

「あたし、吉原に行くの初めてなので昨夜から楽しみでしょうがなかったんです。片山さまは？」

「拙者も、初めてだ……そういう場所は苦手だ」

「まあ、そうなんですね。それにしても片山さま、どうしてそうずっと辛気臭い顔をされているのかしら」

「かたじけない」

「謝らなくていいから、もっと、せめて普通にしててくださいませ。吉原がそんなに嫌いなんですか？」

「嫌いというか……銀次郎どのの話ではないが、男にとっては極楽のような場所かもしれぬが、女からしたら、『苦界』であろう」

「片山さまは、身を売る女たちは、皆、苦しんで嫌々してると思ってらっしゃるのね……。そういう女もいるかもしれませんが、果たして皆が皆、そうかしら」

兵衛は内心、お七に何がわかるのかと腹を立てていた。

家が貧しくて売られて、好きでもない男と寝る女の苦しみなど、わかるわけがないだろうと——。

そうしているうちにふたりを乗せた舟が到着した。舟着き場には男が立っていた。ひょろりと背が高いが鋭い目つきの男——銀次郎の手下の玉五郎だ。

「片山さま、お七さま、ようこそおいでなすった」

銀次郎との相談の上、早々に玉五郎を奈良屋に下働きとして送り込んでもらっていたのだ。きっと、玉五郎の相方の金之助も吉原のどこかに潜り込んでいるはずだ。

お七と兵衛は玉五郎に連れられ吉原に向かった。

「これはこれは片山さま、この度はお手間をかけて申し訳ございません」

楼主の奈良屋為之助《ためのすけ》は深々と頭を下げる。細身で、年齢は六十歳にはなっていないだろう。腰の低い人の好《よ》さそうな男なのが、兵衛は少し意外だった。吉原一の妓《ぎ》楼《ろう》の主人ということで、もっと商売上手であくどい男のように勝手に予想していた。だが、こういう人当りの良さそうな男だからこそ遊女たちも安心して身を預けているのかもしれない。

「片山兵衛さまと……こちらのお嬢さんが」

「七です」

にっこりと笑顔のお七に奈良屋の表情がさらに緩んだようだった。

「なんとまあ愛らしいお嬢さんで……うちにいらっしゃったら花魁《おいらん》にもなれますのに」

花魁とは最高の遊女の名称だ。昔は太夫《たゆう》という位があったが、今は太夫は絶えているという。

「奈良屋どの、幽霊の話だが、何か心あたりはあるのか」

「片山さま、手前ども、このような商売には、売られた我が身や、思うままにならぬ身を嘆いて自ら命を絶った妓《おんな》も、客に病気を移されて苦しんで亡くなった妓もおります。しかし、手前はどんな境遇の娘であれ、この廓《くるわ》にいる間はできるだけのことを我が娘のようにしておりますが、それでも恨まれることはございます……要するに、『幽霊』が出てもおかしくないのです。十分な供養はしているつもりでしたが……」

奈良屋は目を伏せ、嚙《か》みしめるようにそう言った。

「困るのは、お客さまが怖がって、足が遠のいていることでございます。吉原の中でも奈良屋は幽霊が出るという噂が広まりつつありますし、何よりも、うちの妓たちが脅《おび》えておるのを、何とかしたいのでございます」

「おぬしはその幽霊を見たのか」

「はい、一度だけ」

奈良屋為之助は、表情を曇らせた。

「手前、今まで生きてきて幽霊など見たこともなく、信じてもおりませんでした。ですから、夜中、廊下に顔の白い白髪の経帷子を着た女が歩いている、お客さまと妓が布団で寝ているところを上から覆いかぶさってきた、窓の障子を開けると上からぶらさがってこちらを見ただの、そんな話を聞いても、夢でも見たんだろうと笑っておりました。けれども、片山さま、十日ほど前に、夜中に厠《かわや》に行って用を足しておりますと、窓の外から、その女が顔を見せまして……聞いていた通り、白い着物で、白い顔に赤い唇で白髪の女でございました。驚いて外に出ると、一瞬の間に消えてしまいまして……これは放っておけぬと、片山さまもご存じの方に相談した次第でございます」

「白い着物に白い顔で赤い唇に白髪、か」

深夜に現れるその姿はさぞかし不気味であろうと兵衛は思った。

「とりあえず、しばらくここに滞在し、様子を見たい。お七どのと一緒に」

「はいはい、片山さまは居残りの浪人ということに他の者には伝えておきます」

「このことは、この廓のものは誰が知っておるのか」

「家内と、数人の信頼おける者には話しております。あと、うちには吉原一と呼ばれる花魁がおりまして……実は最初に幽霊を見たのは、この花魁でございますので、のちほどご紹介いたします」

「承知した」

兵衛がそう言って頷いた。

「お七さまの着物も用意しております。これ、歌菊《うたぎく》」

奈良屋がそう言うと、控えていたのであろうか、すっと障子があき、女が入ってきて、腰を下ろして頭を下げた。

「歌菊と申す、古株の妓でございます。歌菊は、しっかり者で、我々夫婦が一番信頼しておりますので、なんでも申しつけくださ い」

「歌菊でございます」

歌菊が顔をあげると、兵衛の表情がこわばった。

「お歌《うた》――」

「もしかして、兵衛さま」

歌菊も驚きの表情を浮かべる。

兵衛が唇を嚙みしめ、歌菊から目をそらした。

「歌菊、おぬしは片山さまを存じておるのか」

奈良屋が問うと、歌菊は兵衛の態度をおもんばかってか、「へぇ」とだけ口にする。

「知り合いならちょうどいいが……ありゃ……こうして見ると」

奈良屋が、歌菊とお七の顔を交互に眺める。

「あたしたち、似ておりますね」

奈良屋の言葉を代弁するように、お七がそう言った。

丸顔の大きな瞳……年齢が違うので、歌菊のほうがもちろん大人びてはいるが、顔の作りがよく似ている。

兵衛は早くこの場を去りたいと、「失礼、拙者、先に部屋で休ませていただく！」と言って、立ち上がった。


「片山さま」

髷《まげ》を結い簪《かんざし》をさし、前帯を結んだ華やかな赤の着物で唇に紅を差したお七が部屋に入ってきて、兵衛は思わず見惚《みと》れてしまう。木綿の着物を着て前掛けをつけて茶屋をいそがしく動きまわる姿を見慣れているせいか、別人のようだ。

「お七どの――見違えた」

兵衛は、そう言って、大きく息を吐いた。

「歌菊さんが髪も結って着つけをしてくれました。この着物も簪も、歌菊さんのものです。でも前帯は慣れなくて、動きにくいわ」

着物のせいか、お七はしゃなりと静かに歩き、兵衛のそばに座る。

「片山さま――お話ししてくださいませんか」

「何をだ」

「片山さまが吉原を嫌って近づかなかったのは、もしかしたら、歌菊さんと関わりがあるんじゃございませんか。歌菊さんにもそれとなく聞いてみたんですけど、ご迷惑がかかったらいけないからと、何も話してくださらなくて」

もうここまで来たら隠しきれないだろうと、兵衛は口を開く。

「……歌菊は、お歌という名で拙者の幼馴染《おさななじみ》だ。あれの父親は、元は旗本だったが、博打で借金をこしらえ、お歌は十四歳のときに、吉原に売られてしまった」

お歌と会ったのは十年ぶりだった。少女の面影はなく、大人の女となっていたが、兵衛にとってはそれが悲しかった。

「ただの、幼馴染？」

「いや……拙者は、お歌を妻にするつもりで……子どもながらに、ふたりで夫婦《めおと》の誓いを立てておったのだ。しかし、お歌は家族を救うために、自らが吉原に行くと言い出して……それ以来、会うこともなかったのだが……」

兵衛の中に、お歌から「吉原へ行くから、もう会えない」と、告げられたときのどうしようもない気持ちが呼び起こされる。お歌を妻にするつもりだったが、手も触れたことはなかった。一生、愛しぬくつもりだったからこそ、大事にしようとしたのだ。そんな女が借金のために、純潔のまま「苦界」と呼ばれる遊里に売られ、多くの男に金と引き換えに抱かれる——想像するだけで、兵衛にとっては地獄であり、苦しみでのたうちまわった。

兵衛はお歌に向かって「嫌だ」とは思わず口にしたが、そのとき、「でも、兵衛さま、あなたにはどうすることもできないでしょう」と、諦めきったように言われてしまった。

確かにそのとき十四歳の兵衛は、しがない御家人の息子に過ぎなくて、借金を肩代わりすることもできず、お歌が売られていくのを黙って見ているしかできなかった。好きな女を救えなかった無力感は、今でも兵衛の中に巣くっている。だから兵衛は、今まで何度か嫁取りの話が来ても逃げていたのだ。自分が女を幸せにできるわけがないと思っているし、何よりも、お歌が不幸になっているという罪悪感があった。

お七と出会ったときに心を惹かれたのは、お七の中にお歌の面影を見たからだ。丸い顔に、大きな瞳、愛嬌のある笑顔――それは兵衛が恋した女の姿だった。今まで、お歌のことは誰にも話したことがなかったが、つい、お七を前にして兵衛は自分の無念の思いを吐き出してしまった。

「そうだったんですね……片山さまが、いつまでもおひとりなわけもわかりました」

聞き終えたお七は、しみじみとそう口にした。

「吉原に近づかぬようにしていたのは、お歌がいるからだ。しかし、今回は御老中たっての願いなので断るわけもいかず……けれど、まさか、この妓楼にお歌がいるとは思いもよらず、恥ずかしいところを見せてしまい、誠にかたじけない」

「あたしに謝ることはないですわ、片山さま。でも……歌菊さん、私の目には、片山さまのおっしゃるような不幸な方には見えなかった」

お七はそう言った。

暮六つになり、夕闇が迫ると同時に、吉原が賑やかになってきた。三味線の音が聞こえ、人々のざわついた声も響き始める。

「片山さま、お七さま、主人が、奈良屋一の花魁にご挨拶をさせると申しております」

歌菊がそう告げて呼びに来たので、ふたりは階段を降りて、奈良屋の主人の部屋に向かった。

「歌菊さん、その吉原一の花魁て、どんな方？」

お七が楽しげに聞いている。

「素敵な方です……殿方の心を離さない、一度、花魁の客になったら、もう他の女では満足できないと言われております。いえ、男の方だけではなく、女の心も奪うほど、美しくて凛々《りり》しい方ですわ……」

そう答えると、歌菊は声をかけて、主人の部屋に入った。

入るなり、兵衛もお七も言葉を失う。

上手で脇息《きょうそく》にもたれ掛かって、煙管を口にしている女がいた。その豪奢《ごうしゃ》な髷と打掛で、花魁だとわかる。しかし、兵衛とお七が驚いたのは、その女の胸だった。

大きい——着物で押さえきれずに、前帯の上に乳房が載っているのだ。

巨乳——いや、これは爆乳だ。現代の基準でいうと、Ｉカップ、Ｊカップはいくだろう。ここまで大きな乳の持ち主は、兵衛もお七も見たことがなかった。着物から今にも溢《あふ》れそうな乳房の谷間が剝《む》き出《だ》しになっている。

「花魁、こちらが同心の片山兵衛さまと、お七さまだ。このふたりにはしばらくここにいて探ってもらうので、何かとよろしく頼む」

奈良屋にそう言われ、女は笑みを浮かべた。

「わっちは、この吉原では『ぱいずり花魁』と呼ばれているのでありんすよ。もとの名前は佐奈也《さなや》でありんすが、ぱいずりさんとでも呼んでくださって結構でござんすよ」

「ぱいずり、とは、何ですか？」

お七が聞いた。

「お七さん、この吉原は、女が男を手練手管で悦《よろこ》ばすところでございます。男を惹きつけ、つなぎとめるために、女はそれぞれの美貌だけではなく、技も磨かねばいけませぬ。わっちは、子どもの頃から、乳が大きくて、男たちからはじろじろ見られますし、女からも笑われて、自分の乳が嫌いでしょうがなかったんでございます。けれど、この吉原に参りまして、この乳を目当てに大金をはたいて通ってくるお客さまもおり、それならばと、この乳で男を悦ばせられないかと切磋琢磨《せっさたくま》して習得した技が『ぱいずり』で、ございます」

「ぱいずりとは、そんなにすごい技なのですね」

心の底から感心したように、お七が言った。

「ぱいずりとは、乳の大きいものしかできませぬ。この乳——おっぱいで、殿方の硬くなったものをすりすりして極楽浄土の気分を味わわせるのでござんす。挟んで、動かし、舐《な》めて、昇天させる技でありんす。お七さんも、着物で押さえてはおられますが、なかなか豊かなものをお持ちだと見受けました。鍛錬したら、わっちのように『ぱいずり』で男を悦ばせることができるのでありんすよ。うふふ」

そう言って、艶《あで》やかに声をたてて花魁は笑った。

そんな花魁を、歌菊はうっとりとした目で眺めている。

つい乳に目が行ってしまうが、よく見ると、顔も十分に美しく凛《りん》として華やかな女だと兵衛は気づく。切れ長の瞳と、厚い唇は艶《なま》めかしく、うりざね顔は美人絵そのものだ。

兵衛は乳から目をそらし、最初に花魁が出会ったという幽霊の話を聴く。

「わっちが客と床に入って楽しんでおりましたら、窓の外で、ガサゴソと音がしたんでありんすよ。客が布団から出て障子をあけると、白い顔と赤い唇、白い髪の毛の女が逆さまに顔を出して、こちらをじっと見ておるのです。それで客が『幽霊だ』と叫び声をあげましてね。そのうちにそいつはすぐに姿を消しましたが……二階窓から、逆さまに垂れ下がっているものですから、生きてるものとは思えないって客が騒ぎ出して、大騒動でありんす」

花魁はこともなげに、そう言うと、そろそろなじみの客が来る時間だと席を立って部屋を出ていった。

「佐奈也——花魁は、もともとは芝居一座の座長の娘でございましてね」

奈良屋が語り始める。

「芝居といっても、軽業とか、そういう芸を見せる一座でございました。芝居はあくまで添え物の。ところが軽業師で座長でもある佐奈也の父親の嫁……佐奈也の母親が若い男とできてしまい、逃げて一座は解散いたしました。その際、座長が自分と一緒にいても野垂れ死にするだけだが、吉原ならいい着物を着て美味いもんが食べられるからと、娘を売りにきたんです。佐奈也はあの通り、人一倍乳が大きい上に、気が強く、才気煥発《かんぱつ》で、人に媚《こ》びるということをしないもんですから、昔はいじめられもしましたが、今や吉原一の人気花魁です」

「さすが花魁は綺麗《きれい》ですね。女の私でも見惚れてしまう。それにしても、『ぱいずり』って、そんなにも殿方を悦ばせることができるのですね」

お七がそう言うと、奈良屋は恥ずかし気な顔をしながらも説明しようとする。

「それだけではなくて、あの乳は、柔らかさも匂いも全てが絶品だと、客が申します。世の中には、大きな乳が好きでたまらぬ男がたくさんおりまして、乳は男を赤ん坊に返して甘えさせてくれる、花魁の胸に顔を埋《うず》めるだけでも幸せだと申されます。花魁も、昔は嫌いで邪魔でたまらなかった乳が、これだけ男を悦ばせるのだと、今ではああして、乳を押さえつけることもなく誇らしげに過ごしております」

「すごいお乳でした……あたしなんか、あの方に比べると、子どものよう……」

そう言って、無意識にお七は自分の乳房を押さえた。お七とて、人よりは豊かな乳ではあるが、花魁の乳は桁が違う。また、お七の乳房は碗《わん》のように丸く弾力があるが、花魁のは熟れた果実のように、少しばかり垂れ下がり重みを感じさせた。

「こういう女の世界でありますから、嫉妬や喧嘩《けんか》もつきものですが、佐奈也に関しては格が違うと言いますか、他の女たちも一目置いています。こざっぱりして、じめじめしたことがない気性で、気に入らない客や、礼儀を知らない者は撥《は》ねつけます。それで困ったこともありますが、あの大きな乳房と、その気性を気にいる客も多いのでございますし、その辺の男よりも男らしいと、禿《かむろ》や新造《しんぞう》、他の妓たちにも慕われております。特に歌菊は、ちょうど佐奈也と年も同じで同じころに吉原に来たもので境遇も似ていますから、姉妹のように仲良くしております」

兵衛は歌菊の名前が出ると、どうしても目を伏せてしまう。

「まだ床に入るまでは時間がありますが、どうなさいますか」

「奈良屋さん、この見世の幽霊が出た場所をできる限り見ておきたいの」

「そうでございますね、歌菊に案内させます。まだ客は少ないので、今のうちがいいでござんしょ」

歌菊は、お七と兵衛を従え、奈良屋が「見た」という厠、部屋、廊下などを案内した。

「厠では一度、あとは廊下に現れて、それ以外は、二階の部屋の窓、それと部屋の中に現れて、廊下に出ていったけれども、追ってもその姿はなかった……そういう状況で幽霊は現れてるんですね」

お七が見世を回りながら、歌菊にそう聞いた。

「あと、客の布団の上に幽霊が乗っていて、気がついて叫んだら窓から飛び出てふわりと消えていったという話もございましてね。なんせ二階ですから、人間ではないと」

「歌菊さんは、幽霊をご覧になりました？」

「それが、私はまだ」

「怖くはありませんか」

お七がそう問うと、歌菊は少し笑顔を浮かべた。

「死んでる人間よりも、生きてる人間のほうが怖い――十年ここにいて、いろんな人間を見てきましたから、そう思います」

兵衛はものを言わずに、ふたりのやりとりを聞いている。十年間、お歌はここにいたのだ。それまでどれだけ辛《つら》いことがあっただろうと思うと、言葉が出てこない。

一通り見世の見学を済ました頃には、歌菊も馴染みの客が来るからと、去っていった。お七は歌菊に礼を告げて、二階の部屋に戻る。

「片山さま、そんなに黙りこくって。歌菊さんも気をつかってらっしゃるし、お気の毒でしたわよ」

ふたりきりになると、少し怒ったようにお七が言う。

「すまぬ、お七どの」

「よっぽど、歌菊さんのことがお好きだったんですね」

「……昔のことだ」

兵衛は歌菊のことを頭の中から取り払おうとする。

「片山さま、幽霊ですけど、どう思われます」

そう言われて、兵衛は自分がさきほどお歌のことで気もそぞろで、本来の目的の探索に集中していなかったのに気付いて、情けなくなった。

「あたし、少し、見当つきました」

「なんと」

お七はにっこり笑顔を見せている。

「ただ、まだまだわかりません。ですから、夜が更けるのを待ちましょう。それまで少し横にならせてもらいますね。昨日、吉原に来るのが楽しみであまり寝ていないものですから……失礼します」

そう言うと、お七は大きな欠伸《あくび》をして、身体《からだ》を横たえる。

よくもまあ、男とふたりきりで、ここまで無防備になれるなと兵衛は感心するが、それは自分が男として見られていないのだと思うと、またため息が出た。

お七はすぐに寝息を立てた。その愛らしい、子どものような寝顔を見ていると、兵衛はそのぷくぷくとした頰にふれたい衝動にかられて手を伸ばすが、そっとその手をひっこめた。

夜八つが過ぎ、あちこちで聞こえていた宴も終わったようで、静けさが訪れる。

兵衛とお七のいる部屋の両隣でも、遊女たちが客を連れて入った様子が音でわかった。お七も目を覚ましていた。何かあれば、すぐにそちらに行かねばならぬと、打掛を脱ぎ、いつもの木綿の着物に戻っている。

「ぁあん……」

右隣の部屋から、女の悩ましい声がした。お七は兵衛のほうを見ると、兵衛は顔をそらす。

「片山さま、どうやら、男と女の夜の営みがはじまったようでございますね」

お七は兵衛に近寄り、小声でそうつぶやく。

「――お七どの……嫁入り前のおなごが、そのようなことを言うのははしたない」

「何をおっしゃってるんですか、今更。ここは吉原ですよ」

お七の言うとおりだ。吉原とは、本来、男が女を買いにくる、男女が性交する場所ではないか。そんなところに頼んでお七を連れてきたのは自分なのだ。

「そんなとこ、吸うたら、いやぁ……」

「いやぁと言いながら、喜んでおるではないか」

隣の部屋から、男女の声と同時に、ぴちゃぴちゃと水が溢れたような音まで漏れ聞こえてくる。

「片山さま、どこを吸っているのでしょうか」

「お七どの、拙者にはわからぬ！」

「あたしとて子どもではございません、教えてくださいませ」

「存ぜぬ！」

お七と兵衛は声を潜めながら、隣の部屋の壁に耳をつけている。

「わしのも吸うてくれ……ほれ、その丸い尻をわしの顔の上に載せてな……そうそう」

「いやぁ……恥ずかしゅうございます……」

「おお……丸見えだ……お汁が垂れとる……どれ、舐めてやるから、わしのもくわえこんで」

「大きぃ……うぅう」

隣の部屋から漏れる音は二種類になる。

「片山さま、もしかして、あれは『相舐め』というものでございましょうか」

「し、知らぬ！」

「男と女が身体を交互に重ねて、互いの秘所を口にするものでございますよ。またの名を、しっくすないん」

「お七どの、そのようなことをおぬしは知らぬでもよいのじゃ！」

兵衛は身体が熱くなり汗が噴き出ているのをお七に悟られぬようにと必死だった。さきほどから隣から聞こえている声と、そばに愛らしいお七がいて、その着物から漂う香の匂いすらも淫靡《いんび》だ。

ふと兵衛は、お七がこの着物の下に、豊かな乳房とむっちりした白い脚をもっているのを思い出してしまう。お七のもうひとつの姿——着物の衿《えり》から半分見えた、搗《つ》きたての餅のような感触であることが想像される乳房が浮かび、己の股間がうずくのを覚えた。

——これは、いかん——

しかも、部屋にはお七とふたりきりで、手を伸ばせばすぐに抱ける距離にいるのだ。沸き起こる欲望を抑えようと必死で、汗がにじみ出る。

「もう、我慢できないでありんす……」

「おう……可愛《かわい》いやつや……もっといじめてやりたいが、わしのも硬くなって、もうおぬしの中に入りたがっていうことをきかん。今日は、おぬしの可愛い尻を愛《め》でながら入れてやろうか」

隣の部屋から、ごそごそと動く音がした。体勢を変えているのだろうか。

「片山さま、尻を愛でながらということは、正常位ではなくて、後ろからということでございましょうか。獣の形のことでございますね。いわゆる、ばっく」

「お七どの！　前だろうが後ろだろうが、そのようなことを想像してはならぬ！」

「だって、隣で実際にやってるのに、想像するなというほうが無理です」

もはや、お七も兵衛も本来の目的を忘れかかっていた。お七は無邪気に面白がっているようにも見えるが、兵衛の我慢はもう限界に近づいていた。

――この状況で、抱き寄せて口を吸うても、許されるのではないか――

ふとそう思ったが、いかんと自分を戒めた。しかし、頭では理性で抑え込もうとしても、下半身はもうすでに硬くなっている。

「ぁあ……」

女の喘《あえ》ぎ声が大きくなる。

「入ってるでありんすぅ……」

「お前のここ、たまらんわ……」

お七はもう無言になり、真剣な顔で耳を貼り付けている。

——我慢できない——

兵衛はもうほとんど無意識に、お七の肩に手をふれようとしていた。

「ぎゃあっ！」

ふいに隣の部屋から男の叫び声が聞こえた。

「出たっ！」

続いて女の声が聞こえる前に、お七は部屋を飛び出し隣の部屋に向かい、襖《ふすま》をあける。

行燈《あんどん》だけが灯《とも》る薄暗い部屋に、下半身を剥き出しにした男と女がつながったまま顔を引きつらせている。障子をあけられた窓の向こうには白い着物を着て、白い顔で唇の赤い白髪の女が逆さまにぶら下がっていた。窓から上半身だけ部屋の中に入れて、男女をにらみつけているが、お七の顔を見るなり、にやりと笑ったかのように顔がゆがんだ。

兵衛もお七に続いて中に入るが、一瞬にして、白髪の女は上半身を外に戻し、見えなくなった。

お七と兵衛が張り出しに出て外を見るが、人の気配はない。

「あれが……」

下半身を出してつながったままの男女は言葉もなく怯えていた。

「片山さま、幽霊、現れました」

お七はにっこり笑うと、そう言った。

「ご無事でしたか」

騒動を聞きつけて、楼主の奈良屋も部屋に来た。まぐわっていたふたりは違う部屋に移し休ませた。

「あたしは大丈夫。ばっちり幽霊見られたし……窓の外に逆さになってた。でも、あたしと片山さまが入ってくると、姿を消したの。あとはあたしたちに任せてくれません？」

お七がそういうと、奈良屋は出ていった。

「やっぱりこの格好は動きにくい。片山さま、少しだけ向こう向いててくださいまし」

兵衛が慌てて背を向け、「いいですよ」と言われて身体を戻すと、裾をたくしあげて、太ももを剝き出しにしたお七がいた。

お七はその恰好《かっこう》のまま、張り出しに立ち、辺りを見渡す。

「お七どの、落ちぬように気をつけなされ」

「大丈夫よ。あたし、身が軽いんだから」

お七はそう言って、ふいに姿を消した――ように一瞬見えた。

「片山さま」

兵衛が驚いて窓から身を乗り出すと、屋根の上から、逆さになったお七が顔をのぞかせる。

「あれは幽霊じゃないですよ、やっぱり。こうして屋根の上から現れて、障子をあけて姿を見せて、またひょいと戻って逃げたのです。ちょっと待っててください」

兵衛が部屋で待っていると、しばらくしてまたお七が窓からすっと入ってきた。

「屋根伝いに逃げたか、あるいは裏庭にまわったか……」

お七は考え込んでいる様子だった。

「片山さま、幽霊ご覧になりました？」

「不覚にも出遅れて一瞬だけだったが……ただ、拙者もあれを幽霊だとはどうも思えぬ」

「片山さまは、興奮して息が荒かったから、動きが遅かったんです」

お七にそう言われて、兵衛は赤面した。

「とりあえず、この屋根から逃げるとしたら、見世の前の道と、裏の庭ですけど、そこは金之助と玉五郎が張ってくれています。金玉の報告を待ちますけど、もう夜も深いから、とりあえず寝ます」

お七はそう言いながらも考え事をしている様子なので、兵衛は窓の外を見渡していた。

「入ってもよろしいでありんすか」

声がしたので「どうぞ」と、お七が返すと襖があき、ぱいずり花魁と歌菊が入ってきた。

「ごくろうさまでありんす」

花魁が、笑みを浮かべる。

「ぱいずりさん、お疲れさまです。お客さまは帰られましたか」

「明日の朝が早いからと、さきほど戻られました。わっちも、そろそろ休みます。ところで、幽霊は出たんでありんすか」

「現れました。さっそく、ね」

「ご苦労さまでござんす。生きてる人間ならともかく、幽霊なら神出鬼没、捕まえるのも大変でありんす」

花魁はそういったあと、「わっちはこれで」と、立ち上がり、歌菊を従えて部屋を出ていこうとした。

「ねぇ、ぱいずりさん」

「はい」

お七が花魁に話しかける。

「やっぱり、花魁ぐらいになると、思いが叶《かな》わなくて泣いたり、嫌と言うても追いかけてくる男はたくさんいるんでしょうね」

「お七さん、わっちは、粋じゃない男は、嫌いでありんすよ。でも、どうしても、人の心というものは、誰にも思い通りにできませぬゆえに、いろいろござんす」

そういうと、花魁は目を伏せ、そんな花魁を心配げに歌菊は見つめていた。

翌日の昼過ぎに目が覚めた兵衛が顔を洗いに手水《ちょうず》に行くと、金之助と玉五郎がお七の元に来て、何やら話していた。そしてふたたびふたりともどこかに去っていく。

「お七どの」

「あら、片山さま、おはようございます」

「金之助と玉五郎と、何を話されていたのだ？」

「うふふ。内緒」

そういうと、お七は意味深な笑みを浮かべる。

話して欲しいとも兵衛は思ったが、そこに歌菊が通りかかる。

「歌菊さん、ねぇ、お話があるの」

お七がそう言って、歌菊を連れて二階に上がったので、兵衛は引っ込まざるを得なかった。


再び、吉原に夜が訪れる。

今日もぱいずり花魁をはじめ、遊女たちが客と宴を開き、賑やかな様子だったが、お七はどこに行ったのか姿を消している。兵衛は、お七から「片山さまは、部屋でお待ちください」と言われているので、物思いにふけりながら窓にもたれかかっていた。

考えるのは、歌菊――いや、お歌のことだ。

兵衛の実家の隣に住んでいたお歌の家族は、お歌が吉原に売られてまもない頃に、姿を消して、消息はわからない。

お歌は年季があけて吉原を出たあと、どうするのだろうか――兵衛はそれが気になっていた。かつて妻にしようと誓った女だが、もう今さら、自分がお歌をどうこうするには時間が経《た》ち過ぎている。それでも放っておくわけにはいかない。ずっとお歌のことを引きずって、妻《めと》も娶らず生きてきたのだから。

「片山さま」

襖の向こうから、お七の声がした。

「隣の部屋にいらして。今晩は、片山さまが、花魁の客になって欲しいの」

兵衛が部屋を出ると、お七がいた。

「今晩、ぱいずり花魁のところに例のやつが現れます」

「どうしてわかるのだ」

「とにかく来てください」

そう言われて、隣の部屋に行くと、行燈《あんどん》の光だけの薄暗い部屋に花魁が豊かな乳を重そうに脇息にもたれかからせて、煙管を口にしている。お七は、「どうぞよろしく」とだけ告げ、部屋を出た。

兵衛が戸惑ったのは、部屋に布団が敷かれているからだ。この部屋に、ぱいずり花魁とふたりきりでいるのは緊張する。

花魁はくつろいでいるのか、胸元を広げているので、大きな乳房の谷間が見えている。

「わっちのもとに、幽霊が今日現れるからって、お七さんに言われてねぇ。片山さまと一緒に寝てろってさ」

そう言って、花魁は、前帯をほどき、するりと打掛を脱いで、兵衛の元に近寄ってくる。

「とりあえず、布団に入るでありんす」

赤い襦袢《じゅばん》姿になった花魁の、乳房がこぼれるようにまろび出て、兵衛はまた目をそらす。

「遊女は着物を脱がぬまま客と交わるがよしともされますが、わっちはどうも、それは窮屈で、肌を合わせせぬと、悦びはわかりませせぬ――さあ、こっちに来ておくんなまし」

布団に入った花魁が兵衛を手招きする。

「いや、拙者は――」

「片山さま、これもお勤めでありんすよ。お互いに」

確かにそうだと兵衛は決心して、布団に入り込むと、豊かな花魁の乳房が胸にあたる。

なんだこの柔らかさは――そして、懐かしい甘い香りが香《かぐわ》しい――兵衛は思わず、大きく息を吸い込んでしまう。確かに、この花魁の乳には、男を酔わせ魅惑する力がありそうだ。

「せっかくなんですから、客と同じこととしてあげましょうか。わっちの『ぱいずり』を味わったら、人生が変わるでありんすよ。片山さまもそんな堅苦しい顔せずとも楽しんで――」

花魁はそう言って、兵衛を仰向《あおむ》けにして、襦袢から乳房を剝き出しにする。

兵衛は息を吞《の》んだ——とろんと、熟れた果実のように垂れ気味の乳房だが、花の芽のような先端は桜色で屹立《きつりつ》している。真っ白な乳房は血管が透けていて、輝きを発しているようだ。そして、やはり、この花魁の乳から漂う甘い匂いは男をとろけさす——。

「『ぱいずり』は、わっちのような、柔らかい乳のほうが向いてるんでありんす。殿方の肉の棒を乳で包み込んで上下に動かすでありんすけど……まずは、口で味わってくださいませ」

そう言って、兵衛の顔の上に花魁の乳房が押しつけられる。

「うぅう……」

兵衛の顔が乳房に埋まるが、息苦しさよりも、柔らかさと、甘い匂いにむせ返りそうになり声をあげる。

なんだこの幸せな気分は——。

「いけない……」

「男と女の中で、いけないことなんてないでありんすよ。ほら、片山さまの男の棒も、堅くなって、わっちの身体にあたってる――」

兵衛は全身の力が抜けていて、花魁にされるがままになってしまった。久しくふれてはいない女の乳房の感触が、夢の世界へいざなってくれるかのようだ。

乳とはなんて素晴らしいものなのか――

なんて心地《ここち》よい、これぞ男のふるさとではないか――

兵衛は乳房に顔を埋めるのは、初めてだ。しかも、このような豊かで柔らかい乳房は、知らない。

「吉原一の花魁の『ぱいずり』、味わってみるでありんす」

そう言って、花魁が身体を下にずらしていく。

剝き出しにされた花魁の乳は、兵衛の身体の上を這《は》う。

素晴らしい乳だ――兵衛は花魁の乳の重みが自分の身体の上にある幸福に酔っていた。確かに、この乳に肉の棒を抱かれ、こすられたら、夢見心地で、どんな男だって心を奪われる――。

「やめろ」

窓の外から声がして、兵衛は我に返る。

いつのまにか窓の障子が開き、人の顔が見えていた。白い顔、赤い唇に白髪――

しかし、声は女ではなく、男の声だ。

「佐奈《さな》、やめろ。これ以上、他の男と身体を合わせるなんて。お前が吉原から逃げてくれると知らせをくれたから来たのに、なんで男と」

佐奈と呼ばれた花魁は身体を起こし、動じる様子もなく、冷たい目で窓の外を見ている。

「わっちは逃げる気なんかないでありんすよ。やめろとは、わっちの台詞《せりふ》だよ。いつも、人が楽しんでいるのを邪魔しやがって」

「俺は嫌なんだ、お前が金で身を売って不幸せになっているのが」

「わっちのどこが不幸せなのか。そうやって決めつけて、自分の思い通りにしようとするあんたのほうが不幸だよ。三郎《さぶろう》、もういい加減にするでありんすよ」

兵衛も身体を起こし、窓に向かい花魁と対峙《たいじ》する男を捕まえようと手を伸ばすが、男はすっと姿を消した。

「逃げられないよ」

屋根の上から女の声がした。兵衛が、窓に面している道に目をやると、金之助と玉五郎の姿を見つけた。ここはあのふたりが張っているなら、自分は——と、身体を戻し、部屋を出て階段を降りた。

屋根の上の『幽霊』は眼の前の女に問う。

「お前は何者だ」

「あたしの名は——人呼んで、半乳《はんちち》」

むっちりした脚を剝き出しにして、頭巾で顔を隠し、張りのある丸い乳房を衿元から半分さらけ出した女が答えた。

「幽霊のフリをして人を脅してこの吉原を騒がせた軽業師の三郎——葵《あおい》の紋の名において、この半乳のお縄を頂戴《ちょうだい》しろ！」

そう言って、半乳は乳房に彫られた葵の紋を見せつける。

「お前が半乳か……噂だけは聞いたことがある」

「だったらおとなしくお縄になりな！」

十手を持った半乳が三郎に近づくと、三郎は屋根の端に追い詰められるが、道で待ち受けている金之助と玉五郎の姿を見ると身を翻し高く跳躍し、お七の身体を飛び越えて庭の灯籠《とうろう》の上に降りる。

「逃すか！」

先に庭に降りていた兵衛が刀を手に三郎を追い詰めようとすると、三郎はにやりと笑い、灯籠から高く飛び跳ね、今度は一階の庇《ひさし》に乗った。

さすが軽業師だけあってとんでもなく身が軽い。また屋根に戻り、他の見世の屋根伝いに逃げる気だろうか。

「待ちな」

三郎と兵衛が声のするほうを向くと、二階から降りて、豊かな乳を襦袢から剝き出しにしてぶるんとつきだした花魁がいた。やはり乳首は桜色で、強い意志を示すように屹立している。

「三郎、あたしを連れて帰りたいんなら、力ずくで奪って！」

花魁がそう叫ぶように言うと、三郎は庇から再び庭に飛び降りる。

「佐奈、ふたりで逃げて一緒になろう。俺はずっとお前のことを想い続けていたんだ――」

まるで花魁の巨大な乳に引かれるかのように、三郎はゆらりと両手を伸ばす。

「おいで、三郎。抱いてあげるから、あたしの胸に飛び込んできて！　あたしのこの乳を、あんたのものにして」

「佐奈──」

三郎はそのまま倒れ掛かるように花魁のふたつの乳の谷間に顔をよせる。

「必殺！　花魁おっぱいばさみでありんす!!」

そう叫びながら、花魁は包み込むように三郎の背に手を回し力強く抱き寄せたので、三郎の顔は完全に花魁の胸に埋まってしまった。

そのとき、屋根の上、半乳がすっと三郎の背後に飛び降りた。花魁が目配《めくば》せして、半乳の十手が三郎の首を打つ。

「うぅっ」

三郎は振り向こうとするが、花魁の乳房で息をするのも苦しい様子で動きを封じ込められている。

「御用だ！」

すかさず兵衛が三郎の腕に縄をかけた。

三郎は花魁の乳にはさまれ息ができなかったせいかそのまま気を失ったが、まるで極楽浄土を漂っているかのように、至福の笑みを浮かべていた。

「ほんに、お七さまと片山さまにはお世話になりまして」

奈良屋が深々と頭を下げた。

一夜明けた主人の部屋には、奈良屋とお七、兵衛、ぱいずり花魁がいる。

「いえ、拙者ではなく、お七どのの力です。お七どの、どうやってあいつをおびき出したのじゃ？」

お七はいつもの姿に戻っている。

「幽霊が現れた様子を聴いたり、出た場所を歌菊さんに案内してもらって見回って、これは幽霊のふりをした、身の軽い人の仕業かと思いました。そのときに浮かんだのは、花魁が芝居一座の軽業師の娘だという話。もしかして、花魁にゆかりの人が、何らかの目的で幽霊のふりをしてるんじゃないかと」

「あいや、その通りでございます」

花魁が、深々と頭を下げる。

「三郎は、わっちの父親の弟子でありんす。父も昔は、三郎とわっちを一緒にして一座を継がせるつもりで、三郎はすっかりそのつもりになっておりました。それが、一座が解散して身売り話になり、わっちは正直、三郎と一緒になるよりも、吉原に行くことを自ら望んだんでありんすよ。以前にも申しましたが、わっちは、この大きな乳が嫌で、こんぷれっくすでござんしたが、どうせこの乳と共に生きるのならば、乳を望まれる生き方をしようとも思いまして……。そのあと、三郎は国に帰ったと聞いていましたが、どこかで『ぱいずり花魁』の噂を聞いたようで、わっちのことが忘れられないと、こっそり訪ねてきましてね……。わっちは、今は、ここで楽しく好きに過ごしている。嫌な客とは寝ないし、不満はないと申しましても、聞く耳を持ってくれなかったんでありんす。一緒になって貧しくても仲良くやっていこうと言われましても……そんな生活は嫌でありんすよ。そもそも三郎のことは父が勝手に決めていた話で、わっちは別に三郎を好きでもございませんでした」

花魁が、大きく息を吐く。

「三郎の申すには、花魁が言うことを聞かぬので、幽霊のふりをして現れて、見世の評判を落とし、客足を遠のかせ、女たちも怖がらせて、奈良屋さんの商売をやめさせようと考えたのじゃ。あの見世は、女の幽霊に祟《たた》られているという噂が立てば、人がよりつかなくなり見世も潰れるのではないかと、取り調べでそう申しておった」

片山がそう言うと、お七も口を開く。

「白い着物に白髪で白塗り、唇を赤く塗る幽霊——その話を聞いたとき、思い出したのです。浅草《あさくさ》でこの春に、評判をとった幽霊屋敷の幽霊ではないかと。その幽霊が、身が軽くて、逆さまにぶらさがって客を脅して大層怖がらせるって評判を聴いたことがあったの」

お七は言葉を続ける。

「玉五郎に浅草で調べさせたら、どうもその幽霊を演じたのは軽業師の三郎という男だとわかって……。あたしと片山さまがここに来て、最初にあれが現れたときに、玉五郎と金之助に後をつけさせたのです。それで家を突き止めて、近所の聞き込みをしたら、やっぱりその三郎という男だった。それで花魁の名を使って偽の文を投げ込んだの。『吉原から逃げる決心がついたから、迎えに来てくれ』って。勝手にそんなことしちゃってごめんなさいね、花魁」

お七がそう言うと、花魁が艶やかな笑みを浮かべる。

「わっちこそ……最初から、やつの正体をわかっていて、黙っていたんでありんすから……。三郎のことは好きではございませんし、馬鹿な男だとは思いますが、わっちを想ってくれてしでかしたことなので、さあ、どうして始末をつけようかと悩んでいたところでありんすよ。あらためて、奈良屋の皆さんにもご迷惑をおかけして申し訳ございませぬ」

花魁は手をついて、頭を下げた。

「わっちを苦しめるのも、三郎の目的だったのでありんす。いうことをきかぬ、自分以外の男と寝ているわっちを憎んでいたのかなとも思うのでありんす。男というやつは、どうして、こう、女を自分の型にはめたがるんですかね。ほんに、しょうもない生物《いきもの》でござんすよ」

兵衛は花魁の話を聞きながら、口にはしないが、自分も同じだと思っていた。三郎という男の行動が他人事とは思えない。自分だとて、お歌が吉原に売られ、そのときに何もできなかった自責の念にかられ続けていたが、一歩間違えると、三郎と同じようにしていたのかもしれないのだ。お歌自身が、どうしたいのかも考えずに——。

「歌菊さんにだけは、全て話しておられたのね。歌菊さんにお願いしたら、花魁の身が心配だから何とかして欲しいと全て話してくれたのです」

お七がそう言うと、花魁は頷く。

「歌菊とは、同じ頃に吉原に来て、共に育った、姉妹よりも絆《きずな》の深い間柄でありんす。これからも一緒に、ここで生きていこうと話をしております。奈良屋さまが、ご迷惑をかけたわっちを赦《ゆる》してくださるならば、ですが」

「赦すも赦さぬもない。佐奈也も、歌菊も、わしにとっては娘のように大事だ。これからもな」

奈良屋がそう言って笑顔を見せると、花魁の目に涙が浮かんでいるように兵衛には見えた。

奈良屋は兵衛とお七に、再び深く頭を下げて礼をいい、兵衛とお七は見世を立ち去る準備をして、玄関に出ると、歌菊が待っていた。

「兵衛さま」

「お歌……いや、歌菊どの」

そう言って、じっとふたりは見つめあうが、歌菊のほうが先に口を開く。

「兵衛さまには謝らなければと思っておりました。あのような別れをして、わたくし、ずっと気になっておりましたので、こうして思いがけずお会い出来て嬉しゅう存じます」

「拙者こそ――」

兵衛はそう言いながらも、次の言葉が出てこない。

「ただ、お伝えしたいのは……吉原は苦界とも言われ、売られた女は全て悲惨であると思われる方も世間にはおられますが、そうではないのです。その苦界の水が合う女もおります。わたくしも、そうでございます」

歌菊の言葉に、兵衛はどう答えていいのかわからず、黙って聞いている。

「世間では、身を売る女と蔑まれるかもしれませんけれど、決して、わたくしは、身も心も穢《けが》れてはおりませぬ。ここでしか出会えぬ人たちと会えて、また、このようなわたくしでも救いだと申してくださる方もいるのです。兵衛さま――人と肌を合わせる悦び――これ以上のものは、ございません。もし、あのまま兵衛さまの妻となって子どもを産んでいたら、それはそれで幸せだったかもしれませんが、わたくしは、この吉原に来て、ぱいずり花魁と出会えて……悔いはございません。これからも、ここで生きていきまする」

そう言って、お歌は玄関の奥にいるぱいずり花魁のほうに顔を向けて、深く頷く。

「お歌どの……お会い出来てよかった。これからも、達者でな」

「はい、兵衛さまも」

お七と兵衛は奈良屋の主人、歌菊、花魁たちに別れを告げて、大門《おおもん》に向けて歩く。

「お七どの」

「はい？」

「拙者、またそなたに恥ずかしい、情けないところを見せてしまったかもしれぬ。かたじけない」

兵衛はそう口にして、唇を噛む。

「花魁や歌菊さんを見て、女は男が思うほどに弱くはないというのがおわかりになったでしょ。男だって、そうです。恥ずかしいところや情けないところを見せてはいけないことはありません。男が強くて、女が弱いなんて考えは間違いですもの。むしろ、男の方は腕っぷし以外は、女より弱くて脆《もろ》いのだと思いますよ」

お七の言葉に、兵衛は頷いた。

「拙者は……この十年間、ずっとお歌は不幸だと、苦しんでいると信じて、己を責めていたのだ。吉原で再びお歌に会い、お歌の気持ちも聞かずに、ここから己の手で逃してやるべきかと勝手に悩み――しかし、それは三郎がしでかしたことと同じく、愚かな考えだった。

ふたりは吉原唯一の出入り口である大門を出て、舟着き場に向かう。

「歌菊さんは、幸せそうですよ。好きな人と、愛し愛されてる様子ですしね」

お七の言葉に、兵衛は足を止める。

「好きな人とは――」

「片山さまって、本当に鈍いお方。気づきませんでした？　歌菊さんと花魁……何度も目を合わせて、その時だけおふたりともうっとりした表情になるんです。さりげなく、手を触れあったりしたのを何度か見ました。歌菊さんが人と肌を合わせる悦びとおっしゃった『人』というのは、男の人だけではなく、花魁のことじゃないかしら。私が歌菊さんとふたりきりになり、話を聞いたときに、歌菊さん、本当に心の底から花魁を心配している様子でしたし、あれは恋する女以外の何物でもありませんよ。花魁だって、さっき、『姉妹よりも絆の深い間柄』って、おっしゃってたでしょ」

兵衛は驚きの表情を浮かべ、お七を見る。

「女同士？」

「女の世界ですもの。珍しいことではありませんよ。女同士で慰め合い、それが愛情に変わることは。何にせよ、羨ましいことでございます」

兵衛は立ち止まったままだが、お七が気にせず前にすすむので、慌てて追いかける。

「それにしても……花魁の乳は、本当にすごい乳でございました。あたし、実のところ、自分の乳は形もいいし、色も綺麗だしと、自慢に思っておりましたが……花魁の乳を見て、あたしなんか、まだまだだと謙虚にならねばと反省しました。『ぱいずり』を身に着ける機会はございませんけれど——そういえば、兵衛さまは、花魁の『ぱいずり』を味わわれましたか？」

お七が無邪気にそう聞くので、兵衛は「知らぬ！」と、怒ったように言いながら、顔を埋めたあの柔らかい感触と甘い香りを思い出し、赤面していた。

三、色男坊主の巻

「これは……今日は混んでおるな」

暖簾《のれん》をくぐって店内の様子を見るなり、片山兵衛はそう呟《つぶや》いた。

お加代の茶屋は、珍しく女の客で埋まっていた。若い町娘から、どこかの御新造らしき女まで、とにかく女ばかりだ。

「ごめんなさい、片山さま。今日はご覧の通りで、父は奥で皿洗いして手伝ってくれてます」

赤い前掛けをつけた、この店の看板娘のお七が申し訳なさそうな表情をして、兵衛にそう告げた。丸顔で、大きな瞳のお七は、いつ見ても愛らしい。

「銀次郎どのとお七どのに用事があったのだが……忙しそうじゃ。また出直そう」

「申し訳ございません。今日は、上野《うえの》の若いお坊さんたちが、この近くの寺にいらして……それが、すごい人気で、女の方が詰めかけて、うちの店までもが大盛況なんです」

お七がそう言うと、兵衛は、頷《うなず》いた。

「偶然だな……その上野の寺の坊主のことで、まさに相談に来たのだが……」

「片山さま、それなら一刻ほど、奥で待っていただけます？　そうしたらお店を閉める時間になりますので、父もあたしも手がすきます」

お七はそう言うと、兵衛を賑《にぎ》やかな店の奥に導いた。

「お待たせして申し訳ございません」

一刻を少し過ぎた頃に、銀次郎が手を布巾で拭いながら、奥の部屋に現れた。

「お加代にこき使われとったんですわ。普段は十手を持つ岡っ引きが皿洗いしてる姿は、子分どもには見せられるものやあらへん」

そう言って、苦笑する。

お七も前掛けをとって部屋に入り、兵衛の隣にちょこんと座った。

「なんでも、上野から坊主たちが来て、そこに女たちがたくさん詰めかけていたと

「……」

「はい。上野の大島寺《だいとうじ》と申します寺の、若い坊主の三人組が、見目麗しく声もええ言うて、今、江戸の女たちの間で大人気やそうです。こうして江戸のあちこちで、『来舞《らいぶ》』が行われております。来舞とは、なんでも、説法だけではなく、歌や踊りもするんやと……」

煙管を口にした銀次郎の言葉をお七が続ける。

「その三人の若いお坊さんは『坊主っ子組』と呼ばれて、『ぶろまいど』と呼ばれる三人の浮世絵や、『さいん』という直筆の書までも女たちが競って買っているそうです。あたしも一度、来舞に行きたいんです。友だちでも、坊主っ子組に夢中になってる娘《こ》、何人もいます」

お七がそう言った。

「それやから、困っとるっていう噂《うわさ》も聞くんや。うちの近所の魚屋のお内儀も、その坊主たちにハマってしまい、家を空けるし、ぶろまいどやさいんを集め出して、店の金に手をつけるようになったと主人と大喧嘩《おおげんか》や。しかも片山さま、来舞は、誰でも見にいけはしますが、お布施の額によって、坊主たちと握手できたり、話ができたりと、やれることが違うんですわ。そやから目当ての坊主に近づくために、女たちは競ってお布施をする。金を工面するために盗みで捕まったり、夜鷹《よたか》の真似事《まねごと》をはじめた女もおるとか……坊主の色香に迷うなとは、私も堅いことは言わんけど、困ったものでございます」

銀次郎はそう言うと、ため息と共に大きく煙を吐き出した。

「実は、拙者が今回、力を借りにきたのも、その坊主たちの件なのだ」

兵衛がそう言うと、お七が嬉《うれ》しそうに身を乗り出す。

「ここだけの話ではあるが、その坊主たちの噂を聞きつけ、大奥の女や、旗本の奥方たちまでが興味を持ち、その来舞に忍んでいき、夢中になっているらしい。大奥では、坊主や役者に女たちが傾倒し、騒動になった出来事も過去にはある」

「絵島生島《えじまいくしま》騒動や、延命院《えんめいいん》事件ですね」

お七が言った。絵島生島騒動とは、大奥お年寄りの絵島が役者の生島新五郎《しんごろう》と遊興にふけり関係者が粛清された事件であり、延命院事件とは、奥女中が谷中《やなか》延命院の日潤《にちじゅん》という僧と寺で淫らな行為におよび日潤が死刑となった事件である。

「その通りだ。また、その大島寺の住職というのが、何やら謎なのだ。どこから来たのか、何者なのかよくわからぬ。丈円《じょうえん》という名のその住職は、まだ年齢は四十歳を少し超えたぐらいらしいが、先の住職が亡くなった五年前に寺を継ぎ、見目麗しい若い坊主たちを自ら集めて歌や踊りを教えているらしい。大島寺の坊主たちは江戸中の女たちの人気を集めているが……事が起こってからでは遅いので、幕府としては、その大島寺の坊主たちについて探ってくれとのことだ。それで――」

「あたしの出番、ですか」

お七が、兵衛の目を見つめて、しっかりとそう口にした。

「その通りだ。大島寺の坊主たちは、江戸のあちこちで来舞をする以外にも、寺の中で女人だけの説法などもしておるらしい。どのようなことが行われているのか、危険はないのか調べるために、お七どのの力を借りたい」

兵衛はそう言って、頭を深々と下げた。

「喜んで協力させていただきます。巷《ちまた》で話題の、坊主っ子組、興味あったんです」

お七が好奇心を剝《む》き出《だ》しにして嬉しそうにそう口にするので、兵衛は、自らが助けを求めたにもかかわらず、何故《なぜ》か嫌な予感がした。

お七を上野の大島寺に潜入させる前に、一度来舞を見ようということになり、兵衛は町人の格好をし、お七と、そして何故かお加代までもついてきて、本郷《ほんごう》に足を運んだ。来舞の行われる寺の前には、女たちが溢《あふ》れて行列ができていた。この寺は大島寺と同じ宗派の寺で、今日だけ本堂を貸し出すらしい。

「なんだ、これは」

兵衛は女たちの熱気にむせ返りそうになる。

「片山さま、あそこでさいんとぶろまいど売ってますよ。その隣にお布施を集めているお坊さんがいて、何か渡していますわね……握手引換券と、はぐ券」

「はぐ券、とは」

「お坊さんに、ぎゅぅっと抱きしめてもらえるんですって」

「なんと――」

兵衛は呆《あき》れかえる。夫でもない、ましてや坊主と握手をしたり抱きしめられるために、安くもない金を差し出す女たちの心境が理解できない。

「ちょっと試しに、握手券を買ってきます」

そう言いながら、頬を赤らめいそいそとお加代が行列に並ぶのにも驚いた。

戻ってきて握手券を手にしたお加代とともにお七と兵衛は、来舞の場所である寺の本堂の前の広い庭に僧侶たちの手引きにより導かれる。来舞を見る場所は、お布施の額で決まっており、三人は真ん中より後方右手だった。

この様子では、集めている布施の額も、相当なものだろう――それを何に使っているのか――兵衛はそんな疑問も抱いた。

「誰もが皆～♪　往生できる～♪」

いきなり歌が聞こえてきて、同時に本堂の扉が開かれ、歓声があがる。

「仏さまは～きっと見守ってくれてる～♪　だから手を合わせて拝もう～♪　ヘイ！　合掌！」

本堂の奥には阿弥陀仏《あみだぶつ》が座していて、その前に、僧衣姿の三人の若い男がいた。それぞれ袈裟《けさ》の色が違っている。

三人は数珠《じゅず》を手にしながら、手足を大きく動かし踊りはじめた。

「片山さま、あの真ん中の赤い袈裟のお坊さんが、鈴丸《すずまる》さんです。さっぱりした顔立ちだけど可愛《かわい》らしい童顔で、身体《からだ》を動かすのが好きな爽やか運動神経抜群僧侶なんですって」

「はぁ……お七どの、詳しいですな」

「来舞に行くって言ったら、坊主っ子組ふぁんの友だちが詳しく教えてくれました。向かって右の黄色い袈裟が峰丸《みねまる》さん。物静かで知的な雰囲気と端正な顔立ちが教養がありそうでしょ。左の青の袈裟が、雪丸《ゆきまる》さん。一番背が高くて、身体を鍛えるのが好きで、筋肉もすごいらしいですわ。ちょっと色黒ね。禁欲的な雰囲気がたまらないそうですよ」

「鈴丸、峰丸、雪丸……か」

お七と兵衛が話している間、お加代はいつのまにかひとり身を乗り出して、「きゃー！」と騒いでいる。

「君を〜♪　抱きしめてあげる〜♪　仏にかわって、君に温《ぬく》もりをあげるよ〜♪」

三人は時にまわり、飛んで、軽快に動きながら、歌い続けている。

なるほどなと兵衛は感心した。歌はそう上手《うま》くはないが、踊りは息が合っていて見ごたえがある。なんといっても、容姿だけでなく、華やかな空気が漂っていて、流し目などは艶《なま》めかしい。

「女人だって、往生できる〜♪　信じて〜極楽浄土へ〜♪　僕が君を導いてあげる

〜誰よりも大切な君だから〜♪」

　次の曲はしっとりとした曲調で、三人は今度はあまり身動きせず、手を握り身体をよせあって歌い上げる。またその男同士で触れ合う様子が、意味ありげだった。

　二曲目が終わると、真ん中の鈴丸が、「こんにちは〜」と、手を振って呼びかける。あちこちから「鈴丸くん、可愛い〜！」と、声があがる。

「今日は拙僧たちの来舞に来ていただいて、本当にありがとうございます。これも仏さまのご縁とご加護のおかげでございます。それにしても、いつも以上に、可愛い女人が多くて、緊張して声が上ずって音程が外れてしまいました」

「それは、いつものことだろ！」

　隣にいた峰丸が、そうツッコむと、客席がどっと笑った。

「痛いところ突かれちゃったな！　でも、本当に、こうしてたくさんの女人が説法を聴いてくださるなんて……感謝の気持ちをこめて、三曲目、歌います！　聴いてください、『君はまるで観音さま』」

　鈴丸の掛け声と共に、三人は腰をまわしながら、歌いはじめる。

「その色っぽい腰つき〜♪　衆生《しゅじょう》を救うための長い手〜♪　君はまるで観音さまだ

ね～」

兵衛は感心していた。僧侶としては型破りなやり方で驚いたが、こういう手段で信徒を増やすこともできるのだ。

お加代は、すっかり陶酔した目で手を合わせて、「鈴丸くん……可愛い……」と呟いている。

お七も楽しげに曲に合わせて身体を動かしている。

歌の合間に三人の息の合った喋《しゃべ》りもあり、七曲歌い終わったあとで、終了が告げられた。

「この後は、握手券とはぐ券を持ってる人だけ残ってくださーい！　あと、毎月二度は大島寺で女人限定の説法を拙僧たちと住職でやってますから、来てね！」

鈴丸がそう言って、三人は合掌して一礼すると、一旦、本堂の奥に姿を消した。

「片山さま、お七。私は握手券あるから残ります。先に帰っておくれ」

お加代がそう言うので、兵衛は立ち去ろうとした。

「たまには亭主のこと忘れて、若くて可愛い子を眺めて楽しむのって、いいわねぇ……。家に帰って亭主と会ったらうんざりしそうだけど……」

そう言いながら、お加代はうっとりとした目で、握手の行列にいそいそと並びにいった。

「父が聞いたら、なんていうかしら」

お七が声を潜めながら、そう言った。

三人が来舞に行った五日後に、お七は大島寺に説法を聞きに行くことになった。上野までは兵衛が同伴し、大島寺の向かい側にある料理屋の二階に待機して様子を見ることにした。

お七と兵衛は並んで歩く。

「あれから、もう、大変です。母が坊主っ子組にすっかりはまってしまいました。次の来舞にも行きたいから茶屋を休みたいって言い出して……いい年して若い男に、しかも坊主にうつつを抜かすなんてと怒った父と喧嘩になりました」

「仲のよい夫婦のはずではないか」

「仲はいいんですけどね。母に言わせると、彼らと実際に恋人同士になりたいわけではなく、生活の中で潤いが必要なんだ、男は好きに外で遊べるけれど、女はなかなかそういう機会もないんだから、来舞で胸をときめかせるぐらいいいじゃないの……ということです」

「拙者にはわからぬが……お七どのはどう思われる？」

「あたしはまだ、本当の恋もしたことがありませんし、坊主っ子組は、確かに素敵だなと来舞に行って思いましたけど、母ほどのぼせ上りはしませんわ」

兵衛はお七が冷静であるのに安堵《あんど》した。内心、江戸の女たちの人気を集める坊主っ子組に、お七が任務を忘れて夢中になってしまったらどうしようと危惧していたのだ。

大島寺が近づいたので、お七と兵衛は離れる。そのままお七は寺に行き、兵衛は向かいの料理屋に入った。ここでは予《あらかじ》め役目を明かし、二階の外に面した部屋をとってもらっている。部屋に通されると、金之助がいた。玉五郎もどこかこの近くに潜んでいるのだろう。

兵衛と金之助は酒と肴《さかな》を幾つか頼む。ちょうど時刻は正午をまわっていた。金之助が口を開く。

「片山さま、ここ数日、大島寺について聞き込みをしておったのでございますが」

「どのようであったか」

「寺には住職の丈円、坊主っ子組の他に、十数人の坊主がおるらしいのですが、その坊主たちが、全て若くて見目麗しい、とか」

「ほぉ……」

兵衛は杯を傾ける。

「なんでも、住職が江戸のあちこちから探して声をかけてきて寺に呼んだ坊主ばかりだそうです。坊主っ子組の他にも、坊主っ子組じゅにあと呼ばれる者たちもいるそうで……」

「なるほどな。それにしても、来舞でだいぶお布施を集めているようだが、暮らしぶりはどうなのじゃ」

「近所の話では、そう派手な暮らしをしている様子もない、と。何しろ、住職の丈円は、人当りがよく評判がいいのでございます。温厚で、誰に対しても公平で……ただ」

「ただ、何じゃ」

「女人の目をじっと見つめるそうでございます。まっすぐに目を見るので、女たちはたちまち丈円に恋をしてしまうとか」

「恋、となで」

「優しげで、誠実で……近所の女たち曰《いわ》く、『ふぇろもんがすごい』と、言うております」

「ふぇろもんとは、何ぞ」

「男の、雄としての性の匂いと言いましょうか。女をひきつける、目に見えぬ武器でございます」

兵衛は運ばれてきた蒸し蛤《はまぐり》を口にした。

ふぇろもん、か。女には、ときおり、すさまじい色気を漂わす者がいる。そういう男がいてもおかしくはないと思った。

「近所での評判は悪くはございません。今日のような女人限定の説法があると、人通りも増え、商売も潤うとは言うておりますが……それでもやはり、この近辺でも、娘や妻が坊主に夢中になり、家事や習い事をおろそかにし、家の金に手をつけて困る……という話もあるそうですな」

兵衛はやはり、お七が心配になってきた。恋を知らぬとお七自身も言っていたが、しっかりしているようでも、やはり若い女だ。手練手管に長《た》けた男たちに囲まれて平気でいられるのだろうか。

兵衛が窓の外を眺めると、女たちがぞろぞろと大島寺に入っていく様子が見えた。

大島寺の門をくぐり、受付をしている僧侶の差し出した紙に、名前と住まいと年齢を書いて、お七は草履を脱いで本堂に入った。広い本堂には、もうぎっしりと女たちが座っている。

「坊主っ子組も可愛いけれど、丈円さんが本当に素敵でたまりませんわ」

「江戸の抱かれたい男、一位だって言われておるようで……。ああ……私も丈円さんに抱かれとうございます……」

「丈円さんには他の男にはない包容力を感じますの。でもなんといっても、あの声が素敵ですわ。とろけてしまう……」

周りの女たちが頬を上気させながら、興奮している様子がわかる。

そんなに素敵なのかしら……丈円さんて。

お七はどこか半信半疑の気持ちでいた。

時刻を告げる鐘が鳴らされると、静かに本堂の脇の襖《ふすま》が空き、若い僧たちが静かに合掌したまま入ってくる。慌てて女たちも手を合わせた。

確かに、僧侶たちは見栄えのいい者たちばかりで、よくこれだけ揃えたものだとお七は感心する。どういう目的で、このような美しい男を集めたのだろう。

最後に入ってきた僧侶が住職の丈円だというのは、すぐにわかった。橙《だいだい》色の袈裟と、落ち着きのある表情の横顔だ。年は四十代ぐらいではないかということだが、もう少し若く見えた。

「みなさま、よくいらしてくださいました」

真ん中に立った丈円の声が本堂に響き渡ったと同時に、女たちの口からため息が漏れた。確かに声がいい。低音で、甘くて耳に残る。顔立ちも整ってはいるが、それ以上に、その穏やかな表情で気持ちが和む。

「今日、説法が初めての方もおられますか?」

丈円がそう聞くと、何人かが手をあげる。お七も慌てて手を伸ばした。

「ありがとうございます。初めての方は、のちほどに、おひとりずつお話しさせてもらいますから、お残りください。それにしても、今日も、素敵な女性ばかりだ。

しかも、美しい。美しいというのは、顔かたちではありません。こういうことを言うと、男はみんな美人が好きだろ、人は見かけだろ、きれいごとをいうなと反論してくる方もいらっしゃるんですが、顔というのは人間の窓口で、心の在り方が現れるんです。こうして、仏さまのもとに、お話を聞きにいらっしゃったというだけで、もうその心がけが美しいのです。しかも皆さん、お暇な方ばかりではないでしょう。お時間をつくって、わざわざ来ていただく、それだけで、皆さんの姿は美しいのです。もしも美しくないという人がいたら、その人が間違っているのです。美しいものが見えない、心の曇った人たちが世の中にはたくさんいますから……」

心地《ここち》よい声で話をしながら、丈円はじっと女たちのほうを見ている。お七は思わず、うつむいてしまった。丈円が自分の目を見つめているような気がしたからだ。きっと自分だけではなく、この場にいる女の全てがそう思っていることだろう。

「女人として生まれてきたゆえの苦しみを抱いて、ここに訪れた方も多いはずです。今の世の中、女の人は苦しいことが多い。自由もありません。どうして女人限定の説法をするのかとよく問われますが、女の人だからこその苦しみに仏さまが寄り添ってくれる……そんな場を作ろうとしたのです」

丈円はそう言って、祈るように目をつぶる。その真摯な表情に、女たちも言葉を発せず、丈円の姿に見入っている。

それからもしばらく丈円は語り続けていた。内容も、女性にとっては「救われる」と思える言葉であったが、それ以上に、甘い声を聴き続けていると、酩酊《めいてい》しているかのように夢うつつになる。

お七も聞き入っていた。

「いつまでも皆さんと一緒に過ごしたいですが、時間がやってまいりました。最後に、皆さんのために一曲だけ歌わせていただきます。『恋の南無阿弥陀仏《なむあみだぶつ》』、聴いてください」

丈円がそう言うと、その両脇にいた若い僧侶たちがゆらゆらと動きはじめる。本堂の脇から、坊主っ子組の三人も現れ歓声が上がる。

「唱えるだけでいい〜あなたの名前を〜♪　それだけで極楽浄土に行けるから〜♪あなたを求めてやまないこの気持ち〜あなたの名前を口にするだけで幸せになれる〜まるで恋みたい〜♪　ああ〜南無阿弥陀仏〜♪」

中心で丈円がしっとりとした曲調で歌い、若くて美しい僧侶たちが丈円を取り囲み歌の節に合わせて手拍子を鳴らしている。

「さあ、皆さん、御一緒に、南無阿弥陀仏！」

丈円がそう言うと、女たちは立ち上がり、丈円に続くように「南無阿弥陀仏」と唱える。

「恋に似てる〜恋かもしれない〜僕は君に恋してる、きっと♪　だから唱えるよ〜合掌〜南無阿弥陀仏♪」

お七もいつしかつられて手拍子をしながら歌っていた。


説法が終わり、女たちが帰っていく中、女人説法が初めてだという女だけ残され、お七もその中にいた。十人ほどいて、年齢はまちまちだ。お七のように若い女もいれば、五十歳は過ぎているであろう女もいる。

しばらく本堂で待たされ、順番に名前を呼ばれる。お七は三番目に呼ばれ、案内され本堂の裏の部屋に入った。

四畳半ほどの和室で床の間には百合《ゆり》の花が活《い》けてあり、そこに、丈円がいた。

「どうぞ、お座りなさい」

丈円は笑みを浮かべそう言い、お七は慌てて座布団の上に座る。そう広くない部屋で丈円とふたりきりになり、お七は緊張していた。

物腰が柔らかく、低く響く声の丈円は、お七が今まで会ったことのない雰囲気を持つ男だった。

丈円は、静かに、けれど全身でこちらを観察しているような気配がした。

「名前は、お七さんでしたな」

「はい」

「まだ独り身？　おうちは何をされているでしょうか？」

「茶屋で、うちは団子が名物なんです。独り身で、両親と住んでおります」

最初にここに来たときに名前と年齢と住まいを書かされたのだ。茶屋と答えたが、父が岡っ引きであることは怪しまれたら困るのでもちろん書かなかった。

「疲れたときや、嫌なことがあったときに、甘いものを口にするとと少しだけでも楽になれるね。お七さんのおうちの美味《おい》しい御団子、一度食べてみたいな」

「どうぞ、一度いらしてください」

お七は、丈円がどういう男か知ろうと、その優しい言葉の裏にあるものを考えていた。けれど、じっと自分を見つめて瞬《まばた》きすらしない丈円の目の力に負けて、ふと目を逸《そ》らしてしまう。

「ところで、お七さんが、ここにいらしたのは、何か悩み事などがあるのですか？」

「へっ」

丈円に問われて、お七は戸惑った。

あたし、悩み事ってなんかあったかしら――。

よく考えてみたら、僧の元に訪れるのだから、女たちも何かしら大義名分を抱えているはずだ――と、その瞬間に気づいた。見目麗しい坊主に会いたいからと、亭主や親には言えないだろう。

しかしお七は、もともと大島寺を探るつもりであったので、その大義名分を用意しておらず、考え込んでしまう。

……お小遣いが少ないとか、もっと可愛い着物が欲しいとか、自分の丸顔が気にいらないとか、おっぱいが減るのは嫌だけど痩《や》せたいとか、彼氏がいないとか、いろいろあるけど……どれもこれも小さなことで、悩みというほどじゃない。両親を早くに亡くしているけれど、養父母である銀次郎とお加代がよくしてくれて不満もない。

けれど「悩みなんてありません」と答えると、なんでここに来たんだと不審に思われるかもしれないと、お七は考えて、とっさに口にした。

「あたし、恋をしたことがなくて」

そんなことを言ってしまったのは、丈円や坊主っ子組に夢中になる女たちの姿を目の当たりにしてしまったからだ。

自分はあそこまで誰かに夢中になったことはないので、理解できなかった。

丈円は、じっとお七の目を見て、口元に笑みを浮かべる。

「お七さんは、まだお若い」

「若くても、本当ならもうお嫁に行っていい年です。だけど、お嫁に行きたいわけじゃなくて……一度は、恋をしたいな、と」

話しているうちに、お七は自分の顔が赤くなってくるのに気づいた。よく知らない相手に、何を話しているのだろう。ついつい、丈円の瞳の力に負けて、いらぬことを口にしてしまったと後悔し、目を逸らして俯《うつむ》いてしまう。

「恋か……拙僧はいつも恋をしている。仏さまに救いを求めに拙僧の元に訪れる、全ての女人たちに」

「たくさんの人に恋なんてできます？」

お七が問うと、丈円は膝をすり寄せお七に近づき、すっと手を伸ばし、顎に指でふれて、顔をあげさせる。

いつもなら、男にいきなりふれられるなんて！　と怒るはずなのに、何故か丈円にはそれを許してしまった。

「お七さん、拙僧の目を見て。目を合わせないと、本音で語り合えない」

「……」

お七は言葉が出てこない。丈円の顔が目の前にある。まるで、今から接吻《せっぷん》をするかのように接近している。丈円の目はまっすぐお七を見つめていて、呑《の》み込まれそうな錯覚があった。

「恋には、形も決まり事もないよ。あると思っているなら、それは自分を閉じ込めたいんじゃないかな。人を縛っているのは、その人自身だから。恋なんて気持ちは、もっと自然でいいものだよ」

「自然……」

「そう、目の前の相手をいいなと思えば、もうそれが恋だから。そんな気持ちを否定しちゃいけない――自分を解き放って――」

丈円は、ふいにお七を抱き寄せる。お七は驚きで、息が止まるが、はねつけることができない。

「お七さん――今、どんな気持ちか正直なところを聞かせて」

「……いきなり、こんな……驚いています」

「耳が赤くなってるし、お七さんの鼓動が速まっているのが、拙僧の胸にも伝わってくる。でも、嫌ではないでしょ」

嫌ではないし、離れることもできるはずなのに、力が入らない――。

「だけど、いけない、こんなことは」

「どうして？　今日、会ったばっかりだから？　いけないいなんて思うことが、自分で自分を縛っているんだ。それじゃあ、恋ができない」

丈円は、そう言って、そっとお七から離れる。

丈円は再び手を伸ばし、お七の頬にふれ、顔を近づける。丈円の顔が目の前にあり、その甘い声が全身を震わしてお七は力が抜けてしまった。

なんだか、この人になら、全てを許してもいいような気がしてしまう――これが、女の人たちが言っていた「包容力」かしら。

抱きしめられて口を吸われでもしたら、もう本当に逆らえない。

でも、だめ、やっぱりいけない――頬にふれるこの手を振りほどかないと――お七がそう意を決したところで、チーンという音が部屋の外から聞こえ、丈円のほうがお七から手を離し立ち上がったので、拍子抜けしてしまった。

「残念だな、もう時間が来てしまったようだ。次の人も待ってるから……。お七さん、またおいで」

「……はい」

あたしとしたことが――すっかり丈円に呑まれてしまったと、お七は歯を食いしばる。

「次回の説法の後に、女人たちの中から、何人かを選んで、もっと深くお話をする会を開くよ。女人説法の次の段階の女人修行をやるよ」

「もっと深く？」

「そう。さすがに全員は無理だから、こちらがくじ引きで選んだ人たちだけになるけど、よかったら来てね」

「はい、参ります」

お七はまだ全身の力が抜けたままだったが、部屋の襖があいて若い坊主が入ってきたので、なんとか立ち上がった。

「お七さん、出てこられました」

金之助が窓の外を眺めながら声をかける、兵衛も身体をそちらに向ける。

若い僧侶に見送られ、大島寺の門から出てくるお七の姿があった。しかし、どうも様子が変だ。ここで兵衛が見張っていることは知っているはずなのに、こちらのほうをちらりとも見ない。それに顔が赤く、足元もふらついている。

「金之助、勘定は立て替えておいてくれ」

兵衛はそう言って、急ぎ足で部屋を出て階段を降りる。

すぐにお七に追い付いて、名前を呼ぶ。

「お七どの」

お七は、返事をしない。

兵衛は手を伸ばして、お七の肩をつかむ。

「きゃっ、驚いた。なんだ、片山さまか。なんでここに」

「なんでじゃないだろう。一緒に上野まで来たんだから。無事に説法は終わったのか？」

「……ええ、無事でした。でも……」

お七はそう言って、頬に手を添えて、兵衛から目をそらした。

身体の火照りを誰にも気づかれたくなかった。

あれからどう考えてもお七はおかしい。

兵衛はそう思っていたし、一度、銀次郎を訪ねていったときにきいてみると、銀次郎も同じ意見だった。

「どうも、心ここにあらずなんですわ。大島寺の説法の話を聞いても、『いい話が聞けました。仏さまの教えって素晴らしいわ、また行きます』としか言わへんし……あれはやっぱり大島寺の坊主に心を持っていかれたんやろうか」

銀次郎が、大きくため息を吐《つ》いた。

「お加代も、あれから坊主っ子組だとかいう、若い坊主にハマりやがりまして、喧嘩にもなりました。まあ、たまに来舞で気晴らしするぐらいやったら許してやりますよ。ただ、お七は……男に免疫があらへんから……。十手を持って男まさりだとはいえ、おなごやからねぇ」

銀次郎にそう言われて、兵衛は悪い予感が当たったと胸が痛んだ。

とりあえず、次の女人説法にお七が行くので、その様子を見るしかないと、兵衛は判断した。お七の話によると、次回の女人説法では、何人かの女が選ばれて、女人修行を受けるという。少人数で丈円と僧たちが教えを説くらしい。

「あの寺にはやっぱり何かありそうな気がします。丈円という男は、どうしてもただの坊主とは思えない。だから次も行きます。女人修行に当選すればいいんですけど」

お七はそう言っていたが、兵衛は懸念していた。あのような男前たちを集めて女だけを修行させるというのが自分もお七と同様に引っ掛かる。とはいえ、お七が選ばれるかどうかはわからないので、くじに外れた場合の対策もとらねばいけない。

そうして兵衛がお七の心配をしているうちに、再び女人説法の日が訪れた。お七はその日は、いそいそと唇に紅を差し、いつもより華やかな着物を身に着けて、兵衛と共に上野に向かった。着飾ってはいるが、ときおり、何か思い詰めたような表情になるのが、兵衛は気になっていた。

＊＊＊

――時は、お七が二度目の女人説法に訪れる前夜に戻る――

丑三《うしみ》つ時を過ぎ、月に雲がかかり闇が深いその夜に、大島寺の本堂の隠し階段に続く地下の部屋から、悩ましげな声が聞こえている。

「ぁあ……」

声は男のもので、ひとりではなかった。

薄暗い地下の部屋には熱気が籠っていた。

「丈円さま……もっと、もっと……峰丸をいじめて……」

一糸纏《まと》わぬ姿でうつ伏せになり、腰をあげているのは、坊主っ子組の峰丸だ。

「やだ……峰丸だけじゃなくて、僕も……」

たまらなくなったのか雪丸は峰丸の下半身を右手で弄ぶ丈円の背に縋《すが》りつく。丈円は振り向いて、雪丸と唇を合わせ、舌を吸った。

「やぁ……僕も丈円さまと接吻したいよぉ……」

うつ伏せで腰だけあげ、丈円に下半身の肉の棒を弄ばれている峰丸に、股間をくわえ込まれている鈴丸が、切なげな声で、そう言った。

「忙しいな……」

丈円は苦笑した。

「足でいいから、してぇ」

さきほど丈円と接吻した雪丸は、丈円の前に回り込み、両足を開く。

丈円は足を伸ばし、親指と人差し指で既に屹立《きつりつ》している雪丸の男根をはさむ。

「うぅんっ!!」

雪丸は身体を震わせた。

四人は、もう一刻前から、こうして全裸でそれぞれの身体を弄んでいる。

「可愛い奴《やつ》らだ……俺はお前らが大好きだよ」

「丈円さまぁ……」

丈円は、五年前に先代が亡くなると、その遺言によりこの寺の住職となった。もともと旅の途中に大島寺に立ち寄って、そのまま住み着いたのが先代が亡くなる一年前だ。先代が男色を好んでいるのは、一目でわかった。丈円は、自分から誘い、先代と関係した。当時、六十歳近かった先代は「生まれてはじめてわしは極楽浄土を味わった」と何度も歓喜の声をあげた。

先代が亡くなり、もとからいた僧侶たちを追い出して、丈円は以前から誘いをかけていた若い僧侶を寺に引き込んだ。住職になった後も、半年に一度ほど旅に出て、あちこちで自分が「イケてる！」と思った少年に声をかけ、両親を説得し、寺に呼んだ。少年たちには歌と踊りの稽古をさせると同時に、男色のほうも仕込んでいった。ただ美しく若いだけの男は、飽きられてしまう。性の悦《よろこ》びを覚えることによって、少年たちは艶めかしくなり、女たちをひきつける「ふぇろもん」も身に着けた。

丈円自身は男色を特に好むわけでもない。男でも女でも快楽を与えてやるのが好きなのだ。

「丈円さまのも、欲しい」

足の指で弄ばれていた雪丸が、たまらず丈円の股間に手を伸ばす。

「僕も……」

峰丸も雪丸も、争うように丈円のそそり立つ肉の棒に手を伸ばしてきた。

「しょうがない奴らだ……こっちの身体が持たない。順番だぞ……」

そう言うと、丈円は鈴丸の頭を抱え、その口を自分の股間の棒にふれさせる。

雪丸と峰丸は羨ましげにその光景を眺めている。

「お前らもあとで可愛がってやるよ。明日は働いてもらわないといけないからな
――明日が本番だ」

丈円はそう言って、鈴丸の唇の刺激のせいか、「ぅぅっ」と声をあげて、顎をのけぞらした。

＊＊＊

兵衛と別れ、ひとりで門をくぐり、前回と同じく、お七は受付の僧侶の差し出した紙に名前と住処、年齢等を書く。そうすると、僧侶は折りたたんだ紙をくれた。

「番号が書いてあります。説法の最後に、女人修行に当選した方の番号が呼ばれま

すので、当選しましたらお残りください」

お七はその紙を懐に入れる。

本堂はやはり今日も人が多かった。鐘が鳴ると、まもなく若い僧侶たちと丈円が現れる。

「丈円さん、やっぱり素敵な殿方ですわ。あんな色っぽい殿方、他におりません」

「私、丈円さんを知ってしまってから、もう亭主が嫌になって同じ男だとは思えませんの」

「わかります。ああ……わたくし、今日の女人修行、選ばれとうて昨夜から眠れませなんだ。丈円さんとゆっくりお話しできるなんて、夢のよう」

「ほんとすべてを委ねて甘えたくなるお方……」

女たちの声を聴きながら、お七は、自分はもしかして、丈円に亡くなった父の面影を見ているのかもしれないとも思った。十年前、父が盗賊に殺されたとき、お七は八歳だった。母の顔を知らないお七に、父は全力で愛情を傾けてくれたと大人になるにつれ気づく。

養父である銀次郎も、もちろんよくしてくれてはいる。けれど、全てを包み込むようなあの空気——丈円とふたりきりになってふれられた瞬間、お七はふと父のことを思い出したのだ。

丈円のことを考えると胸が苦しいし、鼓動が速くなるのは自覚している。けれど、それがどういうものなのかはお七自身にもわからない。ただ、あのときの甘い声と、じっと自分を見つめた瞳、抱きしめられたときの温もりと気持ちの高ぶりが、どうしても心から離れない。この寺のことを探るという目的はもちろん忘れてはいないが、修行に選ばれて丈円に近づきたいという気持ちも間違いなく存在するのはわかっている。

「みなさん、こんにちは」

今日も丈円は爽やかな笑顔と甘い声で、女たちに語りかける。

前回と同じく、丈円の話と、今回は坊主っ子組と、その弟分である坊主っ子組じゅにあを従えて、二曲歌も歌った。

夢のような甘い時間は、またたく間に過ぎる。

「それでは、最後になりますが、女人修行の当選者の発表をします。皆さん、受付でお渡しした紙を開いてください」

お七は懐から紙を取り出して開ける。「三十七番」と書いてあった。

「公正な抽選で選びますからね」

丈円がそう言うと、若い僧侶が穴の開いた箱を持ってくる。

「この箱の中に、皆さん全員の番号があります」

丈円がその箱に手をいれて、紙を取り出す。

「五十一番の方」

裏手のほうから、悦びの声があがった。

「おめでとうございます。では、次……十番」

今度は最前列で「嘘《うそ》っ！　信じられないっ！」と、震えた声があがる。

お七は耳を澄まして自分の番号の書かれた紙を凝視していたが、最後まで呼ばれなかった。

残念……縁がなかった……。

お七は胸が締め付けられるように痛んだが、いや、これは任務だと自分に言い聞かす。

当選者は五人だった。当選した者だけが本堂に残り、あとは帰るように若い僧に促される。けれどお七はどうしても去りがたかった。

これは本当に公正な抽選なのか——胸に疑問が過《よぎ》った。


「お七さんが出て参りましたよ」

金之助に言われて、兵衛が目を向けると、辺りを見渡したあと、料理屋に入るお七の姿が見えた。すぐに階段を上がる音が聞こえて、お七が顔を出す。

「片山さま……あたし、選ばれませんでした」

お七がため息をついてそう口にするが、兵衛はどこか安堵していた。

「それでは、打ち合わせた通り、次の手段で……とはいえ、その女人修行とは、怪しいものではないのか……どう思った？」

「それが……女人修行で選ばれた五人の女たち、あたし、最後に観察してたんですけど……何となくね、身なりがいいし品があるというか……どこかのお武家さんの奥さまや、大店《おおだな》のお内儀さんとか、そんな人ばかりじゃないかと思ったんです。あたしみたいなただの町娘らしき女じゃない様子でした。もともとそういう人たちって、普段と身だしなみを変えても、雰囲気が残ります、立ち居振る舞いとかも違うもの。女人説法に最初に参加した者は、ひとりで丈円さんと話す時間があったけど、あそこで親は何してるかとか聞かれます。世間話だと思ってたけど、あれは実は身の上調査で、もしかして、あの抽選の箱の中には、全員の番号が入っているんじゃなくて、最初から決まってたんじゃないでしょうか。あたしの勘に過ぎませんけど」

お七の勘を兵衛は信用していた。やはりこれは、探る必要がある。

「一刻ほどしたら、打ち合わせ通り大島寺に戻ります。忘れ物をしたと言ってね。その前に、腹ごしらえします」

兵衛は店の者を呼んだ。

お七は運ばれてきたお茶漬けをかきこむと、ふぅっと一息ついた。

「扇子を忘れたので本堂に取りに行っていいですか」と、お七が大島寺の門をくぐり、本堂の前にいた僧侶にそう告げた。僧侶は「どうぞ」と頷いて、本堂の扉を開ける。

「あたし、どこに座っていたのか……」と、お七は本堂を歩き回る。僧侶は本堂から離れず、お七の背後にいる。

——見張られているみたい。やっぱり怪しい——

「見当たらない。もしかしたら、厠《かわや》かもしれません」

そう言って、お七は本堂を出て厠に続く廊下に出る。

「あ、その前に、せっかくだから仏さまに手を合わせていいですか」

と聞いて踵《きびす》を返すと、僧侶は「どうぞ」と答えたので、お七は本堂に戻り腰を落として正座し合掌しながら、耳を澄ませた。目を開けて、じっと正面の阿弥陀仏を眺めるが、ふと違和感を覚える。

あれ？　さっきは、阿弥陀さまのお座りになっている蓮華座《れんげざ》の前のお供え物、もっと右の方向にあったんじゃないかしら——お七は前ににじり寄り、再び合掌する。

後ろで自分を見張る僧侶の視線を気にしながら、お七は立ち上がり、再び本堂を出て厠に向かう。この寺そのものに、人の気配が少ないような気がした。さきほどの修行に選ばれた女たちと共に、どこかに集っているのだろうか。

お七が、厠の前で「恥ずかしいから、そこにいらっしゃると困ります。あたし、お腹《なか》を壊してて……」と告げると、僧侶は、「お帰りになられるときは声をかけてください」とだけ言って、戻ったようだ。あちらを見張る役目があるのだろう。

「玉五郎」

お七は厠の窓から小声でそう口にする。

「へぃ」

玉五郎が返事をした。今朝のうちから密《ひそ》かに寺の境内に忍び込んでいたのだ。

「片山さまに、本堂の下に何かありそうだって伝えて。おそらくあの阿弥陀さまの蓮華座のあたり――そして作戦通り、来てくださいな、と。あたしはもう少し厠にいるわ」

お七がそう告げると玉五郎の気配が消えた。

「もし、誰かおらぬか」

大島寺の門の前で、浪人風の姿をした兵衛が声をかけた。

「実は、姉が女人説法に行ったまま戻ってこないのじゃ。姉の嫁ぎ先に頼まれ探しにきた」

兵衛がそう告げると、さきほどお七を見張っていた若い僧侶は困った表情を浮かべ、「住職に聞いてまいります」と、奥に行こうとする。

「聞かずともよい」

兵衛がそう言うと同時に、兵衛の後ろに隠れていた金之助が、すっと現れ、若い僧侶の首に拳を打ち付ける。

「うぅっ……」

僧侶が叫ぶ前に素早く金之助が布巾で口を塞ぎ、もう一度拳を打ち付け、両手両足を縄で縛り、門のすぐ傍《そば》にある掃除道具や薪などがある小屋に押し込んだ。

兵衛と金之助は寺の中に入っていく。人の気配はないが、用心しないといけない。本堂に上がり、阿弥陀仏の正面に来る。兵衛が目を凝らすと、確かにお七が玉五郎に言伝《ことづて》した通り、仏の台座の蓮華が一枚だけ、色が違う。ぱっと見た感じはわからない程度だし、普段はこの蓮華は仏さまへの供物で正面からは見えない部分だ。

兵衛が両手でその蓮華を引くと、少しだけ動き他の部分との間に隙間ができる。

「金之助、お七どのに知らせてくれ。やはりお七どのの勘は当たっていた、と。そして玉五郎にも急ぎ来るようにとな」

金之助が姿を消すと、兵衛は蓮華を引っ張る。力を籠めると、蓮華は外れ、その奥に地下へ続く階段があるのが見えた。

ここだ——兵衛は音を立てぬように気をつけて階段を降りてゆく。一番下まで行くと、「何者だ」という声がした。

若い僧侶が目の前にいた。兵衛はとっさに腰の刀を抜き、峰で僧侶のみぞおちを打つ。僧侶がふらついた隙に、刃を向けた。

「逆らうと斬るぞ。女たちはどこにいるか教えろ」

おそらくまだ十代であろう僧侶は脅えた表情を浮かべ、奥の襖を指さした。

「ぁあ……」

襖の隙間から、女の声が漏れている。

兵衛は刀を手にしたまま、近づいて、隙間に顔を近づける。

正面に、大きく股を開いた裸の女がいて、ぎょっとする。その女の乳房と股間を弄んでいる複数の手も見える。

「もっと感じていいよ……そうしたらすごく素敵なあなたに生まれ変われる」

甘い声で、女の耳元でささやいている男の姿も見えた——あれが、丈円か。

兵衛がさらに目を凝らすと、部屋の中にいる女はひとりだけではなかった。複数の女たちが裸になり、若く見目麗しい僧侶に筆で身体をくすぐられたり、舐《な》めまわされたりして、喘《あえ》いでおり、むわんとした酸味のある匂いが漂っている。

「ぁあ〜ん。丈円さまぁ……極楽浄土でございます」

大きく股を開いた裸の女が、腰をくねらすと、股の間の黒い陰毛が揺れている。

なんだこれは――兵衛はその光景の異様さに見入ってしまうと、その瞬間、頭の後ろに激しい痛みを覚え、意識を失った。


気がついたときには、兵衛は両手両足を縄で縛られ、しかも褌《ふんどし》一枚の姿になっていて、部屋に転がされていた。

「目を覚ましたようだな。何者か……何の目的でこの寺を探っていたのか」

どうやら男と女が淫らなことをする光景に見入ったときに、自分が刀を向けていたはずの若い僧侶に後ろから殴られてしまったのだと兵衛は悟る。

油断した――。

部屋では、丈円だけが法衣だった。他の者は裸になっており、僧侶たちが女の身体を弄んでいる。

兵衛は丈円の問いには応えず唇を固く結ぶ。

「答えぬのか……まあ、よかろう。そのほうがこちらも楽しみができた。その身体にじっくり聞いてやろう」

丈円がそう言うと、三人の若い僧侶が兵衛に近づいてきた。見覚えがある——来舞で見かけた、江戸の女たちに大人気の坊主っ子組の鈴丸、峰丸、雪丸ではないか。三人とも、その顔には似合わぬ、大きく隆々とした肉の棒をそそりたたせている。

「そいつらは、特に拙僧が丁寧に調教しているので、女とまぐわうよりも、極楽浄土を味わえるぞ」

丈円は、楽しげに笑みを浮かべている。

「やめろ……」

兵衛がそう呻《うめ》いたのは、鈴丸が筆を手にしてその穂先を兵衛の剝き出しになった乳首に当てたからだ。すぐさま峰丸は、兵衛の臍《へそ》に筆をそよがせる。

「やめ……あっ!!」

兵衛は必死で声を抑えるが、身体が反応してしまう。雪丸は、縛られた兵衛の足を押さえながら、褌と肌の隙間に筆の穂先をおいて、絶妙な力でさわさわと動かす。

こそばゆさと快感の狭間《はざま》の疼《うず》きに、兵衛は思わず「あーっ！」と大声をあげた。

「女どもと同じように、じらして、じらして、欲しくてたまらないと口にさせて、最後に褒美を与えてやろう」

丈円はそう言って、意味ありげに自分の股間に手をおいて、さする真似《まね》をした。

筆の穂先で身体をいじられるなどとは、兵衛は初めての経験だ。羞恥で赤面するのを自覚しながらも、どうしようもない。

「可愛い……」

鈴丸が、筆の穂先で兵衛の乳首をいじりながら、ため息をもらして、片方の手を褌にふれる。

「僕ももう我慢できないかも。ねぇ、三人で交替で、おしゃぶりしようか」

峰丸がそういうと、雪丸も「うん」と頷いた。

「邪魔なもの、とっちゃえ」

そう言って鈴丸が兵衛の褌に手をかける。

「やめろぉーーーーーっ!!」

兵衛はあられもなくそう叫んだ。そんなところを、若い男に三人がかりで弄ばれたら、もう自分は終わりだ――しかも、こんなに人が見ている前で――。

「そこまでだよ!!」

女の声がして、襖が開く。

顔を頭巾で隠し、着物をたくし上げ、むっちりとした太ももを晒け出した女が、そこにいた。

「その男から、離れな」

女が部屋に入ってくると、丈円が立ち上がる。

「男と女が極楽浄土へ近づく修行をしているこの場に踏み込んでくるとは……何者か」

「あたしは、人呼んで半乳《はんちち》」

そう言って、半乳は着物の衿《えり》をつかんでぐっと開き、その白くて豊かな乳房を半分見せつける。乳房には、葵《あおい》の紋が小さく彫ってある。

「徳川の名において、エロ……江戸はあたしが守るっ!」

丈円は半乳が現れたのに動揺する様子もなく、笑みを浮かべたままだ。

半乳の後から金之助と玉五郎も部屋に入り、兵衛の縄を解く。

「半乳……噂だけは聞いたことはあるが、まさかこんな可愛いお嬢さんだったとはな。頭巾で顔を隠しても愛らしいのがわかる」

ひるまずそう口にする丈円に半乳は内心たじろぐが、必死にそれを見せないように気を奮い立たせる。

「若い僧侶を使い金を集め、女たちを誘い込み、たぶらかして……丈円、お前は何をする気だ」

「誘い込んでたぶらかしてなどはおらぬ。女たちが自ら俺の元に訪れてくるのじゃ。そしてこうして修行をして女たちを悦ばせておる。それの何が悪いのか」

半乳――お七は十手を手にしながら、必死で丈円を睨《にら》みつけようとしている。しかし、丈円の甘い声と、優しげな色を湛《たた》えるその瞳を見ると、力が入らない。

どうして？　いつものあたしじゃない――

戸惑う半乳の隣に、褌一丁の兵衛が躍り出る。

「丈円、後ろめたいものがないなら、どうして拙者を縛り裸にした」

「邪魔をされたら困るからだ」

丈円はやはりひるむ様子はなく、堂々としている。

「江戸の女たちが、我ら僧侶にこれだけ群がり求めてくるのは、それほど男、いや、男たちの作り上げた幕府に不満を抱いているからだと思わぬか」

一歩踏み出し、半乳のほうへ近づいた丈円が、そう言った。

「丈円、お前は何者なの？　どこからか現れてこの寺の住職になり、若い男たちを集めて……」

「俺が何者か知りたければ、そなたの身体で確かめるがよい」

そう言うと、丈円は、半乳に抱き付き、半乳の顔半分を隠す頭巾をすっと指でめくりあげ、唇を吸う。

「うぅっ」

お七は十手を手にしたまま、身動きできない。全身の力が抜けてしまったのだ。

また同時に、丈円は半乳の着物の衿の内側に手を差し込み、乳房をつかむ。

「いい乳だ……見かけだけではない、感触もよい」

「何をする！　離れろっ！」

兵衛は慌てて、丈円をお七から引き離す。

「丈円、お縄を頂戴《ちょうだい》しろ。話はそのあとでじっくり聞かせてもらうぞ」

「だから、俺は悪いことなどしていないと言っておるであろう」

「ここにいる女たちの身体——と、拙者の身体を弄ぼうとしたのは確かだ」

「お前も幕府の犬か……本当に徳川幕府というのはどうしようもない。俺はまだ徳川の言いなりにはなりたくない」

丈円は、そう言うと、手首にかけていた長い数珠を素早く兵衛の首にまわす。

「何をする！」

「片山さま！」

唇を吸われ、乳にふれられ呆然《ぼうぜん》としていたお七も、やっと我に返り、十手を丈円に向ける。

「やめろ……」

丈円の数珠が首に食い込んでくる。すごい力だ。兵衛は必死に両手で数珠を外そうとするが、血が上り顔が真っ赤になり、力が入らない。

「この数珠は普通の数珠ではないので、容易にはちぎれぬ。逆らうと、そなたを傷つけなければならぬが、血は見たくない」

丈円の隣で鈴丸が、いつのまにか手にした刀を兵衛に向けていた。兵衛は褌姿なので、丸腰だ。

「半乳さん、そこをどくんだ。少しでも俺にふれたら、ぶすりとこのお侍さんに刃が刺さるぞ」

半乳は、唇を噛《か》みしめながら、丈円の前をのく。

兵衛に刀を向ける鈴丸と、峰丸、雪丸を従えながら、丈円は数珠で兵衛の首を絞めたまま、部屋の外に出て階段のほうへ向かう。

「逃げる気か……」

お七は十手を持って近づいていく。

「俺はまだせねばならぬことがある。そなたとは、いつかまた会うだろう。乳にある葵の紋……今度会ったときは、その葵の紋にふれて、隠されている乳首を吸ってみたいものじゃ。白くて豊かできれいな乳房だ……」

丈円はそう言い終わった瞬間、数珠を手から離し、放たれた兵衛が呻きながら前のめりに倒れ込む。

「片山さま！」

お七は鈴丸の刀を十手で振り落とし、兵衛を受け止める。その隙に丈円はまるで飛ぶかのように階段を蹴り、頭上に姿を消す。

お七が急ぎ階段を駆け上り本堂に戻るが、丈円の姿はない。

「どこに行った……丈円」

お七がそう呟くと、頭上から、「ここだ」と、声がした。

見上げると、阿弥陀仏の頭上に丈円がいた。

「半乳さん、そなたの唇、軟らかくて、甘美であったぞ。では、また！」

そう言うと、丈円は本堂の天井を握りこぶしで叩《たた》く。すると、その一角が扉のように上に開き、丈円はするりとそこから出ていき姿を消した。

「逃がすか！」

お七は本堂を出て、辺りを見渡したが全く丈円の気配はない。門を出て、寺の周辺を探るが、どうやらまんまと逃げられたようだった。

諦めて本堂に戻ると、助け出された女たちと、金之助と玉五郎、兵衛により縄をかけられた坊主っ子組を含む若い僧侶たちがいた。兵衛も着物を羽織っている。

「片山さま、大丈夫でした？」

お七が聞くと、兵衛は頭を下げる。

「大丈夫だ」

「丈円には逃げられてしまいました……ごめんなさい」

「拙者こそ、たやすく捕まって縛られ……毎度のことながら面目ない。他の坊主たちは捕えたので、取り調べをいたす」

兵衛はそう言いながら、丈円を取り逃したお七の目に、迷いを見つけ胸が痛んだ。

兵衛が奉行所にて若い僧侶たちを取り調べたが、丈円が何者なのか、来舞で集められた金がどこにあるのかわかるものはいなかった。大島寺もくまなく調べたが、隠されている気配はない。どこか丈円しか知らない別の場所にあるのだろう。

修行に選ばれた五人の女たちは、お七の勘の通り、お忍びで来ていた大奥の奥女中と、さる老中の妾《めかけ》、江戸に大店のある商家の娘など、財を持つ者の家族か、幕府や大奥とつながりのある者たちばかりだった。

「おそらく金と、女を使って幕府に近づいて何かをしかけるつもりだったのに違いないだろう」

寺での出来事の五日後に、取り調べの報告のために茶屋を訪ねてきた兵衛が、お七と銀次郎に、そう告げた。

「若い僧侶たちは、丈円に男色を叩きこまれ言いなりになっていたが、何も知らないようだ。丈円のその後の行方もわからない」

「お坊さんたちは、これからどうなるんですか」

「お上のほうも老中の妾や、奥女中が絡んでいるとなると、大事にはしたくない様子だ。僧侶たちは一旦江戸を離れて徳川家ゆかりの寺などに預けるようだが、罪にはならぬだろう。彼らが姿を消すと、江戸の女たちは騒ぎ出すかもしれないが……」

「もう、次回の来舞が中止になったという立札が出ていて、嘆いている方も多いです。我が家にも……」

銀次郎の隣で、お加代が悲しげな表情を浮かべているのも、坊主っ子組に会えぬからだろう。

「拙者は、丈円の『せねばならぬことがある』という言葉が気になっておる。女たちから集めた金を使い、何をやろうとしていたのか」

「あたしも気になります。……このままじゃ、終わらせられない……丈円」

兵衛は、お七の目が潤んでいるのに気づいていた。

丈円が、目の前でお七の唇を吸い、乳房にふれた光景を思い出すと、腸《はらわた》が煮えくりかえる。

丈円、今度会ったら、必ず縄をかけてやる——。

兵衛の苛立《いらだ》ちに気づかぬまま、お七は丈円にふれられた自分の乳房に、着物の上から慈しむようにそっと手を当てた。

四、大奥潜入の巻

身体《からだ》が熱い——耐え切れず、我が身をこの手で抱きしめながら、身悶《みもだ》えする。奥の、女の芯の炎は、いつ消えてくれようか。いつまでこんな苦しみが続くのだろうか。

人から見れば、誰にも羨まれる身分だが、私ほど憐《あわ》れな女はいないと、ときに思う。

男に永くふれられない、この身体の熱が収まらず、眠れぬ夜などに——我が身の哀《かな》しさに涙がこぼれる。

自分で慰める術《すべ》は知っている。指で、遊び、悦《よろこ》びを得るのは、幼い頃に誰に教わることとなく覚えた。

けれど、それも、虚《むな》しい。

私が欲しいものは、私の指がもたらす悦びではなくて、男の身体なのだ。汗の臭いのする男の肌、堅い肉の棒、何よりも、全身で強く欲されること――。

少女の頃、ここに来たときは、まさかこんな苦しみを味わうなんぞ、思いもよらなかった。

けれど、私だけではない。

ここに住む女たちの多くが、私と同じように男の身体を欲しがり煩悶《はんもん》している。

そう考えると、恐ろしい場所だ。

女たちの、満たされない欲望がひしめき合っている、この場所は。

男が欲しい――もはや、その叫びは怨念ですらある。

今、私のこの身体にふれる男が現れたなら、その男に全てを捧《ささ》げてもいい――。

＊＊＊

「お七どのは、おられるか」

片山兵衛は茶屋に入ると、客が少ないのを見計らって、女主人であるお加代に声をかけた。

「お七なら、ちょっとそこまでお遣いにやらせました。すぐに戻ってきますから、片山さま、奥へどうぞ。銀次親分も暇そうにしておりますので、相手してやってくださいな。お茶と団子を持っていきます」

「かたじけない」

お加代に声をかけられ、兵衛は茶屋の奥にある「神田の銀次」こと、銀次郎親分のいる部屋に上がった。

「これはこれは、片山さま。今日は――」

「いつも済まないが、またもや、お七どのに頼み事があって参った」

お加代が運んできたお茶と団子を前にして、兵衛は銀次郎の正面の座布団に座る。

「頼み事は、お七どのが帰ってきたら話すとして……銀次郎どの、最近、お七どのの様子はどうじゃ」

「へぇ……以前に比べると、考え事をしているときなどもありますが、一時期よりは昔のお七に戻った様子です。そやけど、あの娘《こ》も年が明けて十九歳になりました。ほんまやったら、嫁入り先を探さなあかん年や。お七自身も、いろいろ思うことがありますやろうけどな」

銀次郎は、そう口にするが、たいして気にしている様子もないように見えた。

兵衛がお七の様子を気にかけているのは、半年前の上野の件があるからだ。兵衛からの依頼で、上野の大島寺の坊主たちの行動が不審だと、お七に潜入してもらったのだが、そこの住職の丈円という坊主に、お七は唇を奪われ、あれからしばらくは虚脱状態だった。

丈円はただの坊主ではない。多くの若い坊主の身体と心をわが物にし、江戸の女たちの心も虜《とりこ》にしていた色ごとに長《た》けた坊主だ。小娘のお七の心を奪うなど、朝飯前だろう。

丈円はどこかに姿を消したが、その後も、お七はどこか心あらずの様子だった。しかし銀次郎も言っていたように、半年が経《た》ち、兵衛自身も、お七は以前の無邪気で屈託のない明るい娘に戻った気がする。

丈円の行方はあれからわからないままなので、もう諦めたのであろうか。

お七はただの町娘ではない、将軍の血を引いているのだ。あのような男にかどわかされては困ると、兵衛は自分に言い聞かせていたが、お七の心を奪った丈円に対する嫉妬の気持ちも自覚はしていた。

「ただいま帰りました」

お七が威勢よく、障子を開けた。丸い顔に、大きな瞳で、相変わらず愛らしい。

「片山さま、お待たせしてすみません」

「いや、拙者こそ、いきなり寄せてもらったのでかたじけない」

「あたしに何やら御用と聞きました。最近、退屈でしょうがなかったから、楽しみです」

「岡っ引きが暇で退屈なのは、平和な証拠や」

そう言って、銀次郎が苦笑した。

「お七どの、頼みというのは……かなり大ごとなのだが……」

「何でございますか？」

兵衛は座り直し、表情を硬くして、口を開く。

「大奥に、潜入して欲しい」

「なんと、大奥に」

銀次郎が、驚いた声を出した。

「そうだ。大奥に、下働きとして出仕してもらいたい。これは男にはできぬことゆえ、御老中のたっての願いなのだ」

大奥は、江戸城奥にある、男は将軍しか入れぬ女の園だ。

「大奥……因果な話です」

お七の表情は、いつもの屈託のない少女の顔から、物憂げな色を湛《たた》えている。

「片山さま……あたしの母については詳しく話したことはありませんでしたよね」

お七にそう問われ、兵衛は頷《うなず》いた。

銀次郎の口から、亡くなったお七の母は将軍の血を引いているとしか聞いていない。

「この際だから、お話ししましょう……」

お七が目を伏せてそういうと、兵衛はごくりと唾を呑《の》み込んだ。

あたしの祖父、つまり母の父は、先々代の公方《くぼう》さまです。公方さまが、大奥の御《み》台所《だいどころ》さまお付きの女中に手をつけて、あたしの母が生まれました。

子どものいない御台所さまは、お怒りになって、女中と生まれたばかりの母を大奥から追い出されました。男の子だったら、また事情が違ったのでしょうけれども……。

そうして女中……祖母は実家に戻りました。旗本である主君の不始末でお取りつぶしになり、浪人となった貧しい家だったそうです。そこで、祖母と、その両親の手で母は育てられました。

母が十六歳の時に、伝説の岡っ引きと言われた八之助親分と知り合いました。零落しているとはいえ、武家の、しかも公方さまの血を引いた母と八之助親分は身分違いではありますが、所帯を持つことを約束し、母はあたしを孕《はら》んだそうです。

けれどあたしが生まれた直後、母は産後の肥立ちが悪く、しかも流行《はや》り病にかかり、亡くなってしまいました。その頃、もう既に、祖母も、祖母の両親もおりません。

八之助親分は、ひとりであたしを育てましたが、その父も、十一年前に盗賊を捕まえようとして返り討ちに遭い殺されて、それからはこの銀次親分夫婦が、実の両親以上に、あたしを大切に育ててくれています。

公方さまや大奥については、複雑な想いがあります。

祖母は先々代の公方さまの御台所さまに、ずいぶんと意地悪をされ追い出されたと聞いております。けれど、それを気にやんだ公方さまは、陰ながら、祖母の生活を助けたことも、後に知りました。

祖母や母は捨てられたけれど――それでも、あたしには、徳川の血が流れております。それを誇りに生きてまいりました。

ですから、自ら、葵の紋を彫ってもらうように望んだのです。

あたしは普通に、誰かの妻となり、子を産み……そのような人生よりも、父のように江戸にはびこる悪人たちを取り締まる生き方に、焦がれております。

男手ひとつであたしを育ててくれた父は、あたしの憧れの人でした。

祖母と母が追い出された大奥へ、あたしが幕府の命により潜入するとは……それも、父母の供養になるのかもしれません。

お七は語り終えて、大きな息を吐いた。

銀次郎は、黙って聞いているが、何を想うのか、唇を噛《か》みしめている。

「それでは、今の公方さまは――お七どののの」

「いとこにあたります」

兵衛はその姿を見たことがないが、今の将軍は、先々代の将軍の孫にあたり、十八歳と、まだ若い。父である先代将軍——お七の母の腹違いの兄にあたる——は、元々病弱で、男の子ひとりを側室の綾姫《あやひめ》との間に授かった後に亡くなった。ひとり息子である今の将軍は、父の死後、八歳で将軍の地位に就いた。

母である綾姫は子どもを産んですぐに亡くなり、今、大奥を取り仕切っているのは、先代将軍の正室、今の将軍の義母である林祥院《りんしょういん》だ。

「公方さまは、十八歳になるのに、まだ正室を迎えないのは何故か……とは、下々の者が噂《うわさ》しておりますね」

お七がそう言った。

「さすが、お七どの。その件と、今回の頼み事は関係あるのだ」

兵衛が再び、姿勢を正した。

「公方さまは、どうも、おなごが苦手なようでな」

「それは……女ではなく、男が好きという話ですか？　昔の公方さまでも、そういう例はありましたよね」

お七が言ったのは、徳川三代将軍の家光《いえみつ》公の話だった。幼少の折、男にしか興味を示さず、業を煮やした乳母の春日局《かすがのつぼね》が、尼僧を近づけるなどの策を練り、その結果、無事に女性と交わり子孫を作ったということが噂されていた。

「いえ、そうではないらしく……と、拙者も詳しくは存ぜぬが……。ただ、その公方さまがおなごと交われないことで、何やら不穏な気配がある。それをお七どのに、大奥へ入り、探って欲しいとのこと」

「跡取りが作れないとなると……次の将軍の座を巡って、騒動もおきますわな」

銀次郎が、にやりと笑みを浮かべて、そう口にした。

「兵衛さまのお頼み事、お受けします」

お七が明るい表情を取り戻しそう言うと、兵衛は「かたじけない」と、深く頭を下げた。

大奥へ下働きとして出仕する日取りも決まり、お七はいそいそと準備をしていた。

大奥へは兵衛は出入りできないが、金之助と玉五郎に何らかの形で潜入してもらい、連絡を取る手段はできている。

明日から大奥へ行くという前夜、打ち合わせに茶屋に訪れた兵衛が帰ったあとで、お七はひとり、部屋に戻り、大きくため息を吐《つ》いた。

「やっぱり、何かしていたほうが気が紛れる」

思わず、そう独り言も口にした。

銀次郎やお加代、兵衛の前では、いつも通りに振る舞ってはいるが、ひとりになると、つい物思いにふけってしまう。

考えるのは、あの男のことだ。

丈円——。

半年前に、上野で、自分の唇を奪い、乳にふれた謎の坊主だ。不愉快な出来事のはずなのに、あのときの丈円の唇の感触と、匂い、全身の血が沸き立った感覚が忘れられない。

じっと女の目をまっすぐに見つめる、あの男——。

これが、恋なのだろうかとは何度も考えた。でも、違うような気もする。だって、自分はあの男のことを何も知らない。でも、丈円のことが、頭から離れない。

けれど、結局、丈円が何者で、どこに消えたのかもわからないのだから、どうしようもないではないか――諦めて、忘れるしかない。

そうわかっているはずだったが、こんなにもひとりの男のことが頭から離れないのは、初めてのことだった。

「退屈は、よくない。余計なことを考え過ぎる」

お七はまた、そう口にする。

とりあえず、明日からは、新たな使命を帯びているのだから、そちらに集中しよう。そう思いながらも、お七は、無意識に、丈円がふれた自分の乳房に手を当てていた。


大奥の中に入った途端、お七はえも言われぬ濃密な空気を感じて、後ずさりしかけた。

「お七と、申したな。ここが寝床じゃ」

お吉《きち》と名乗った女は、年齢は三十代だろうか。小太りで肌艶のいい女だった。お吉に連れられたのは、六畳の間だが、ここで四人の娘が寝起きするらしい。

大奥には様々な役職があるが、お七は御末《おすえ》と呼ばれる、大奥女中の中でも最も身分が低い下働きの雑用係だ。その御末を仕切っているのがお吉だった。

お七の直接の指導係は、お美津《みつ》という同い年の娘であった。顔立ちは平凡だが、気さくで人懐っこそうな女なので、お七は安心した。

「お七さんは茶屋の娘さんなんだね。私の親は品川《しながわ》で旅籠《はたご》をやってるんだ。お得意さんに御老中がいて、箔《はく》をつけたいって、私を大奥にやらせたの。私も嫁に行く前に、上さまのお膝元にいて、いろいろ見たいから喜んでここに来たの」

「お美津さんは、上さまを見たことがあるの？」

「私らは大奥の中でも、御目見《おめみえ》以上女中じゃないから、顔を合わしたことはないけど、今の上さまは、落ち着きがないというか子どもっぽいというか……勝手に大奥をうろうろなさってて、それでチラッと見たことはあるよ。がっかりしたけどね」

お美津は、いけないと思ったのか、自分の口を押さえた。

「あらやだ、がっかりとか言っちゃダメだね。お偉い方の耳に入ったら……でも、みんなが言ってることだよ」

お美津はダメだと言いながら、話したがっているのがわかる。お七が同い年で、心を許しているのであろう。

「お美津さん、あたし、他の人には言わないから。ここで働くために、大奥が……上さまがどういう方だか、知っておきたいの。町の噂では、女の人が苦手で、未《いま》だに妻を迎えられないというのは聞いてるけど……」

「そうなんだよ。でも、女嫌いじゃないと思う。女の人をいやらしい目で見てるときもあるし、それに、春画なんかも見て……ひとりでこっそり……してるのを見た子もいるのよ」

「こっそり……何ですか」

お七がそう聞くと、お美津が頬を赤らめる。

「嫌だねぇ……お七さんは男兄弟いないから知らないかもしれないけど、おなにーって言うのよ。自分で自分のものを……さわって気持ちよくなるの」

「おなにー、ですか」

「そうなの。だから女嫌いじゃないし、今まで、御年寄さまたちも、何度か女を近づけて同衾《どうきん》させたことはあるらしいけど……どうも、駄目みたいで、頭を抱えてるって話よ」

「はぁ……」

お七は、口には出せぬが、自分のいとこである将軍が、どのような男なのか、お美津の話だけでは想像できなかった。

「お美津さんは、林祥院さまは、お会いになられたことがあります？」

お七は、そう聞いてみた。今の大奥の一番の権力者は、先代の将軍の正室で、今の将軍の義母である林祥院だというのは知っている。

林祥院は、元々は京都の公家《くげ》の娘であり、京の町でもその美を謳《うた》われた評判の美女であった。十五歳で将軍に嫁いだが、子を授からぬまま、十年前、二十七歳で主君を亡くしている。

「チラッとだけね。今、三十七歳だけど、とても美しい方よ。なんだか最近、更に美しさを増しているっていう人もいる。でも、不思議ね。今の上さまの母親の綾姫さんは、もともと大奥の、私たちと同じ女中で、親は商人で、姿形も平凡で林祥院さまの足元にも及ばなかったらしいの。それでも先の公方さまのご寵愛《ちょうあい》を受けて、男の子を授かられたのよね」

綾姫の話は、お七もどこかで聞いたことがあった。江戸で一番の織物を扱う店の娘で、大奥へ行儀見習いのつもりで入ったところ、先の将軍のおめがねにかなったのだと。

男子を産んだとて、その身分の低さでやっかみも受けただろう。そのせいか、早くに亡くなっている。お七は、その綾姫の姿が、どこか自分の祖母と重なった。大奥を追い出されて母を産んだ祖母と――。

「私も、最初は、綾姫さまのようになりたいって思ってたけど……」

お美津がそう言った。

「え、そうなの？」

「だって、上さまのお手がついて、男子を産んで……なんて、物語の主人公になったみたいでしょ。だから大奥に来たの。でも、実際に来たら、上さまが頼りなくて、へなちょこで……がっかりした。それにここは女ばかりで出会いもないから不自由で……来年には何か理由をつけて帰るつもりだから、いいけどね」

「そうですね。本当に、女ばかり」

お七はそう言った。自分は子どもの頃から、男の子と一緒に木登りや剣をやっていて、女らしい遊びや習い事と縁が無かった。このような女の世界は初めてなのだ。

だから、大奥に入ったときに、濃厚な空気を感じて、気後れしたのかもしれない。

「ほんと、濃い女の世界。しかも、欲求不満の女ばかり――」

お美津が、含み笑いをして、そう言った。

「だって男は上さまだけしかいないのに、その上さまが、女を抱けないときてる。身体の熱を持て余す女の吹き溜《だ》まりだもの。私は出るからいいけれど、先の上さまから、一度お手付きになった方々は、一生、ここで二度と男にふれることなく暮らさないといけないなんて……地獄よ」

お美津の笑みで、この女は、男を知っているのだとお七は察した。

「そういう方たちは、どう過ごされてるんでしょうね」

「さあ……女同士で慰め合っている方や、御道具をどこからか手に入れて使っている方もいると聞くわ。酷な話よね」

お美津がそう言い終わったところで、台所のほうから、ふたりを呼ぶ声が聞こえたので、話は中断されて、台所に向かう。

これは、とんでもないところに来てしまったかもしれない――と、お七は思った。

そのとき、よぎったのは、忘れようとしたはずの丈円の顔だった。

あたしは男を知らないけれど、男の人と口づけしてふれられた悦びを知ってしまっている――。

お七の仕事は思ったよりも忙しくはなかったし、お吉やお美津をはじめ、意外なほど、周りには親切な女たちが多くて、働きやすかった。

お美津に言わせると、「上さまがあんなに頼りなくて男としてもダメだから、競争がなくて女同士の関係が平和なのよ」ということらしい。

大奥も町と同じで、同世代の女たちで寄ると、噂話になる。

「林祥院さまは、最近、美しくなられた」とは、皆が口にしていた。

「なんだか生き生きとされて。一時期は、上さまの世継ぎ問題を気にされていたのか、沈んでおられたけど」

お美津とお七は庭仕事を終え、部屋で白湯《さゆ》をすすりながら、話していた。

「何かあったんですか」

お七が、そう聞くと、お美津が含み笑いをする。

「三ヵ月前に御典医が替わったの。なんでも、その御典医は、医術だけでなく、按《あん》摩《ま》も施すとか……気鬱で伏せることもあった林祥院さまは、その医者の医術と按摩で元気になられたそうで、たいそう気に入って、度々呼び寄せてるそうよ」

「御典医が」

大奥には基本的に将軍以外の男性は出入りを許されない。けれど、御典医と呼ばれる医者は、例外だ。

「どんな方？」

「それが、誰も顔を見たことがないの。なんでも、顔に疱瘡《ほうそう》の痕があるからと言って、頭巾で顔を隠しているんだって。でも、技はきっとすごいんでしょうね。最近は、林祥院さまだけではなく、お付きの方たちも、その医者に按摩をお願いしているらしいから」

それほどの腕のある医者ならば、父や片山さまも名前を知っているかもしれないと、お七は思った。

「江戸の方？　名前は何ておっしゃるの？」

「ええっと……なんとか忍《にん》とか言ったな。はっきり覚えてない。江戸ではないそうよ。林祥院さま付き御中﨟《おちゅうろう》の、お里乃《りの》の方の親元がその方のお世話になっていた関係らしいから、京の都からいらっしゃったみたい」

「お里乃の方？」

「林祥院さまが、大奥に入られたときからついておられた方が亡くなったので、京からいらしたけど、とても綺麗《きれい》な方で、林祥院さまに可愛《かわい》がられている様子よ」

「それだけ美しい女性も大奥にはいるのに、上さまは、女の人と交われないんですね」

「林祥院さまや、ご老中たちも、今まで何度も、様々な女性を近づけてみたけど、駄目だって。もうみんな、すっかり諦めて、次のことを考えてるみたい。跡取りがいないから、紀州《きしゅう》か水戸《みと》か尾張《おわり》の殿様になるでしょうね」

そこまで口にして、お美津は、喋《しゃべ》りすぎだと思ったのか、言葉を止めた。

それにしても、下働きの女までが、このように将軍を馬鹿にしたようなことを言っているのは、よっぽどのことだ。お七は自分のいとこが憐れに思えた。

天下の将軍として祀《まつ》り上げられても、それは自分自身の意志ではないのだ。たまたま、将軍の子に生まれ、他に男子がいないから、幼くして将軍という重圧を与えられてしまったに過ぎない。

自分よりひとつ下の十八歳の筈《はず》だ。遊びたい盛りの男であろうに、自由もないだろう。

「ところで、お七さん。あなた、ずいぶん、身が軽いって聞いたけど」

「そうなんです。子どもの頃から木登りとか得意で、屋根の上にも飛び乗れます」

お七がそういうと、お美津が「お七さんて、面白い」と、笑った。

「お庭にね、大きな松の木があるじゃない。御小姓さまたちが、毬《まり》遊びをしていたら、松の木の上のほうに乗っかってしまったんですって。手が届かないし、どうしたものかって」

「簡単なことです。まかせてください」

お七がそういうと、お美津は立ち上がり、庭のほうへ導いた。

お七が着物の裾をたくって、軽く跳ねて器用に松の木に登り、枝にひっかかっていた毬を落とすと、御小姓たちは「まあ！　ありがとう」と、手を叩《たた》き、御礼を言った。

「お七さん、ありがと。私も面目が立ったわ」

お美津はそう言って、御小姓たちの後を追うように奥に戻る。

お七は裾を直し、着物についた松の葉を払い落としていた。

「おぬし、すごいな。何者だ」

松の木の裏にある繁《しげ》みから、男の声がしたので、お七は振り向いた。

少年が、いた。

身なりはいいが、繁みに潜んでいたせいか、着物のあちこちに草と泥がついている。小太りの丸顔で、眼鏡《めがね》をかけて、顔には吹き出物の痕がある。背はお七よりも低い。

「忍者のようだ。羽がついてるみたいに、木に軽く登って。そんな女、はじめて見た。おぬし、名前はなんと申すのじゃ」

「七。名前で呼んでくださいませんか？」

「承知した。お七か。見ない顔だ、最近来たのか」

「そう。あなたは――」

「俺は――」

「上さま？」

お七は予想はしていたので、驚かない。この大奥に、身なりのいい少年がいるのだから、それは将軍以外にあり得ない。

それにしても、自分とひとつしか違わないのに、ずいぶんと雰囲気が幼いし、貫《かん》禄《ろく》もない。

「上さまが、何でこんなとこに？　草や泥で汚れてますよ」

お七はそう言って、将軍に近づいて、手で着物についた草を払う。将軍ではあるが、お七にとってはいとこだ。なので、つい、親しみが籠ってしまう。

「退屈ゆえに、庭に隠れてたのじゃ。女たちが好き勝手な噂話をしているのを聞いてやろうと思ってな」

そういうと、少年は、意地の悪そうな笑みを浮かべた。

この少年は、自分が女たちに馬鹿にされているのを知っている——そう思うと、お七は憐れな気持ちがこみあげてくる。天下の将軍と言えども、寂しい立場なのだ。

「お七は、どこから来たのだ？　どうしてそんなに身が軽いのじゃ？」

「あたしは江戸の神田の茶屋の娘です。身が軽いのは、昔から、木に登ったり、屋根に登って遊んでいたからです」

「へぇ……女でも、そういう遊びをするものなのか」

「あたしは男の子とばかり遊んでました。剣術も習ってたので、結構、腕に自信はあります」

「逆だな。俺は剣術が苦手で、いつも怒られてばかりだ」

そう言うと、将軍は少しばかり悲しそうな目をした。

「あ、俺、もう戻らないと怒られる。お七、面白い女だな、また話したい。俺と遊んでくれるか？」

「はい」

「ありがとう！　ではまたな！」

そういうと、将軍は草履を脱ぎ、縁側に上がり、ばたばたと足音を立て、重そうな身体を揺らしながら奥へ戻っていった。

お七はその後ろ姿を見送っていた。その姿が消えても、視線は動かない。

あれが、あたしのいとこか。

「ぁあ……もう……たまらんのじゃ……」

女は声を抑えているつもりなのだろうが、震えながら漏れる声は、夜の闇の空気を揺らしている。

「うぅ……このような、ええものだとは、知らなんだ……」

色の白い、ほどよく肉のついた年増女だった。女はあられもなく、着るものを全てほどいて全裸になり、大きく両足を広げている。

「私とて、あなたさまのような、美しくて気品のある方が、ここまで淫らだとは思いもよりませなんだ。あなたの秘められた花の壺が、こんなにもいいものだとは——」

女の股間に顔を埋《うず》めていた男が、一瞬だけ口を離してそう言った。男の口元は、唾液と女の愛液でてらてらと光っている。

「あぁ……お前の唇は、私の中の魔物を呼び覚ました。口で、こうされると、極楽浄土に導かれるなどとは——先の上さまとは、比べものにならぬ」

最初は、恥ずかしいと、女は拒んでいた。

身体をほぐされ、淫のツボを押され、十年も男にふれられず、夜ごとに悶えていた女盛りの肉体をこの男の手により開かされた。けれど身体の中で一番敏感で、何度も自分の指でふれたその場所に口をつけられるのは、羞恥で耐えられない——はずだったのに。

「私は、そこを口にするのが、一番好きなのでございます。なんともいえぬ、いい匂いがいたします。また、おなごが、普段隠しているところを、自分だけに開いてくれるのも悦びで、私の股の間のものが猛《たけ》るのでございます」

男は、そう言った。それでも女が「恥ずかしい」と拒むと、

「そのうち、恥ずかしいことが何よりも気持ちよくなりますよ」

「わらわは……毛深いのじゃ」

女が耳と首まで真っ赤にしながらそう言うと、「毛深い女、好きだ。たまりませぬ」と、男は言い放った。

「――」

女は身悶えしながら、自らの手で口を塞ぐ。そうしないと、大声が出てしまいそうだった。聞こえてはまずい。ここは――大奥だ――。

先の将軍の未亡人が、男に毛深い股間を舐《な》められ歓喜の声をあげているなんて、知られてはいけない――。

それからは、もう、女は男の口の技に夢中だった。いや、それだけではない。

十分に潤った秘苑《ひえん》に、自ら「入れてたもれぇ」と、ねだったのは女のほうだった。ずぶりと差し込まれた瞬間は鳥肌が立ち、それだけで気をやりそうになった。

幼くして大奥に入り、先の将軍と交わり、将軍が亡くなったあとは、十年間、男にふれられていなかった。

もしも自分が全く悦びを知らなければ、また話は違っただろう。子どもには恵まれなかったし、何人かいた側室の存在に心穏やかではなかったけれど、それでも、先の将軍は、月に一度は自分を抱いてくれた。

そして、今、女は、新しい御典医であるこの男に、気鬱に効く淫のツボを押され、そのまま身体を委ね関係し続けている。

もう、この男を手放すことはできない。

幕府の耳に入れば、罰を与えられるであろう。

それでも、この男から与えられた女の悦びを捨てるのは、死ねと言われているようなものだ。

この男により、わたしは生き返ったのだ――女は、そう思っていた。

「林祥院さま――あなたの中は、温かい」

男は女をうつ伏せにし、後ろから突いている。こうすると、奥まで届く。突かれる度に、叫びそうになるのを必死で女はおさえていた。

まるで今のわたしは獣のようだ——そう考えると、羞恥で涙が出てくる。

大奥一の地位のある身でありながら、このように、尻を高く掲げ、男に全てを晒している。

「大きなお尻が……素晴らしい」

男は突きながらも、ときおり、女の尻を撫《な》でまわした。

行燈《あんどん》の灯《あか》りがあるから、きっと排泄《はいせつ》の穴までも見えているだろう。いつも恥ずかしいから、灯を消してと頼んでも、男がそれを許さない。

「全部見せていただきたいのです、あなたを。あなたの全てを」

男は、そう口にして、言葉の通り、目でも犯す。

この男の目には魔力が宿っているとしか思えなかった。

最初から、そうだ。御典医としてここに訪れたときに、男は疱瘡で痘痕《あばた》があると、頭巾で顔を隠していたが、その隙間から自分を見つめる目の光の強さに、思わず目を逸《そ》らしてしまった。

疱瘡で痘痕があるというのは、嘘《うそ》だった。

男は四十歳を超えているというが、肌はなめらかで艶もある。

なぜそんな嘘を言うているのかと問うと、「大奥は女の園でございますから……関心を持たれないようにという、お里乃どのの配慮でございます」と、男は答えた。

お里乃の方は、数ヵ月前に、新しい御中臈として、京から来た女だ。自分と同じく未亡人で、品があり、京の女ということもあり話も合う。男は、そのお里乃の方の里が世話になっていた医者ということで、推挙されたのだった。

「ああ……丈忍《じょうにん》……」

女は、男の名を呼びながら、身体を反らす。

男は、自らが名乗った偽りの名を耳元で聴きながら、体位を変えて逆になり、女に覆いかぶさり、抱きしめ、腰の動きを速める。

「いきそうじゃ――」

女の身体が震えている。男は女を抱きしめる力を、強くする。

「俺の目を見て――一緒に――」

男がそう口にすると、女は必死で閉じていた目を開けた。

この男の目には魔力がある——女は、自分がその瞳に完全に呑み込まれているのを感じずにはいられなかった。

半年ほど前まで、江戸の女たちの心を虜にした、「丈円」という名の僧侶の瞳は、今、大奥の中で魔の輝きを放っていた。

「お七、上さまが直々にお召しだよ」

お吉にそう告げられたとき、お七は驚いて口を開けたため間抜けな表情になった。

「え、あたし？」

「そう。なんでも、あんた、身が軽く、剣術も得意なんだって？　剣術嫌いの上さまが、あんたから習いたいって言ってるらしいよ」

お吉は、困惑した表情だったが、隣にいた、お美津は少し興奮気味だ。

「お七さん、やるじゃない。上さまに気にいられたら、御台所さまになれるかもよ。上さまは女に興味がないと思ってたけど……」

「はぁ」

剣術指導だなんて、おかしなことになったなとお七は思ったが、本来の目的である大奥を探るためには将軍に近づくのが得策ではあると、頷いた。

「今の上さまが、こうして、女中を自らお召しになるのは珍しいんだよ。変わったお方だからね」

お吉が、そう呟《つぶや》いた。

お七は御小姓たちに連れられて、奥の部屋に進む。

「林祥院さまもいらっしゃるよ」

そう告げられ、お七は少し緊張した。

部屋に入ると、上座に、昨日庭で会った将軍が、胡坐《あぐら》をかいて座布団の上に座っている。その傍《そば》に、美しい女がふたりいた。

白く面長で上品な切れ長の瞳の年増女が、林祥院で、その隣にいる林祥院よりも背が高く、細面の女は、お里乃の方だろうか。

「そなたが、お七か」

林祥院に声をかけられ、「はい」と、お七は首を垂れる。

「面をあげよ。おなごながらにして、剣術が達者だと聞いておる。上さまは、剣術など、武道が苦手な方だが、お七からなら習ってもいいとおっしゃってな。戦のない世の中とはいえ、武士はいつ何時とも、身を守らねばならぬ。上さまに、剣術を教えてたもれ」

林祥院の声は、透明感のある高い声だった。公家の姫らしく、ゆっくりとした柔らかい口調が優雅だ。

「承知しました。あたしのようなものでよければ」

「頼むぞよ。さて、私はこれにて……お里乃」

「はい」

林祥院が立ち上がると、お里乃の方も腰を上げる。

お七はふと、お里乃の顔をどこか見覚えがある気がしたが、思い出せない。

ふたりが出ていき、部屋には、将軍とお七のふたりきりになった。

「お七、近《ち》こうよれ」

将軍にそう言われ、お七は膝を少しばかり前に進ませる。

「なんであたしをお召しになったんですか？」

「お七と、もっと話したかったのじゃ。昨日、初めて会ったのに、何故か身内のような親しみを感じておる」

将軍自身は知らないけれど、お七とはいとこ同士だ。だから親しみを持たれたのだろうかと、お七は思った。

「俺は友だちがいない。心を許せる人もおらぬ。……子どもの頃に父上が亡くなって将軍職に就いて……周りからは学問やら剣術やら政《まつりごと》のことやら……跡継ぎを作れとか……いろいろ押しつけられてばかりで窮屈しておる。好きで将軍家に生まれたわけではないのに」

目を伏せて、大きく息を吐くと同時に、将軍はそう口にした。

「お七は、江戸生まれなのか」

「そうでございます。神田です」

「家は何をしているのじゃ」

「母が茶屋を営んでおります。でも……実の母ではありません。あたしを産んだ母は、あたしが生まれてすぐに亡くなって、父親に育てられました。その父親もあたしが八歳のときに亡くなって、それから育ててくれたのは父の手下……いえ、父が世話をした夫婦です。よくしてくれるから、不満はありません」

お七がそう口にすると、将軍が身を乗り出した。

「俺と同じだ。俺を産んだ母も、すぐ亡くなった。父上も俺が八歳のときに死んで……境遇が、似ておるな」

将軍に言われて、本当にそうだとお七は思った。

ただ、岡っ引きの娘と将軍の息子では、ずいぶん立場が違うが……それでも、先の将軍は、お七の母の腹違いの兄なのだ。

「剣術の稽古は、どこでやるんですか？」

「庭で……広い庭がある」

そう言って、将軍は立ち上がった。

その日から、お七の仕事は下働きから、将軍の剣術の指南役になった。お七は幼い頃から、町の道場で剣を学んでおり、そこらの男には負けない腕だという自負がある。

「お七、お前ほんと強いな」

将軍は確かに剣術は苦手だった。というよりは、動きが鈍い。身体を動かすこと自体が好きではないのだろう。

「俺は太っているし、ダメだ、向いてない」

「でも、剣はそれだけではありません。いかに相手の隙を見つけて、素早くそこに差し込むかが重要です。だから頭も使います。太っていてもそれはできるはずです」

「へぇ……そのようなことを教わったのも初めてじゃ。お七は、面白いな」

将軍はお七を、心の底から尊敬している様子で感嘆している。

天下の将軍が、町娘の言うことを素直に聞くなんて……頼りないけど、いい人なんだろうなとお七は思った。でも、だからこそ、将軍には向いてないのでは、と同情心が湧きおこる。

徳川の将軍というよりは、血の繋《つな》がりのあるいとこだからこそ、お七は心配してしまう。

「少し休憩しましょうか」

お七はそう言って、稽古用の竹刀《しない》を置いた。女中が持ってきた白湯を手にして、ふたりは縁側に座り込んで、大きく息を吐いた。

「俺、本当は、戦の真似事《まねごと》よりも、動物や花を見て和んでいたいのじゃ。争い事は好きではない」

将軍が、ボソッと、そう呟いた。

「本当は、将軍なんかになりたくなかった。お七みたいに、町人の子が羨ましい」

お七は複雑な気分だった。お七とて、本当ならば将軍の血を引くものとして、全く別の人生があったかもと考えてしまう。お姫さまとして、蝶《ちょう》よ花よとちやほやされて育てられたかもしれないのだ。

けれど、やはりそんな人生は不自由だし、自分には合わない。気楽な町娘でいるのが、一番いい。

「だけど、争い事を無くす力を持つのは、上さまぐらいです。町娘なんか、何にもできない。上さまって偉い人だから、世の中を動かせるんですよ」

お七がそう口にすると、将軍は一瞬、きょとんとした後、深く頷いた。

「そういう考え方もあるのか。お七は頭もいいな」

「別によくはありません。あたし、当たり前のことしか言ってません」

「でも、その当たり前のことを誰も俺に言わないのじゃ。叱るか褒めるかどちらかだ。褒められてもどうせ本心ではないのもわかっておる。俺が将軍ではなかったら、みんな見向きもしないのも承知だ。俺はみんなが思うほど、鈍くはない」

そう言って、将軍はぷうぅっと頬を膨らませた。

お七はその仕草がおかしくて、思わず吹き出してしまった。

「何がおかしい」

「上さまが、面白い顔するから」

「そんなこと初めて言われた。俺は大奥の女たちに馬鹿にされていて、お七みたいに普通に話してくれる相手もおらぬ」

そう言った将軍に、お七はやはり同情をした。女たちが将軍を馬鹿にしているのは、皆の言葉の端々からよくわかる。

「なぁ……お七」

「なんですか？」

「今まで話せる人がいなかったのだが……聞いてくれるか」

「いいですよ」

「俺は、女が苦手で……その……童貞だってのは……」

「存じております」

将軍は俯《うつむ》いて声を潜めた。

「女が苦手と申しても、男が好きなわけではないし、女に興味はある。浮世絵を見てムラムラもする。しかし、いざ、女人と同じ部屋でふたりきりになると……全く駄目なのじゃ」

「勃《た》たなかったってこと？」

お七がそういうと、将軍は目を丸くしてお七を見た。

「そ、そんなはっきりと。お、女なのに」

「あたしに対して遠回しな表現しなくていいから。で、それからどうなんですか」

「何人か、林祥院さまが選んだ女が俺のところに送られてきた。年上の女や、俺と同い年ぐらいの女もいた。どの女も美しく、中には自分から積極的に動く者もおったが……やっぱり、何をしても、駄目であった」

「勃起しないのね。いろいろやられても、駄目？」

「舐められたり、こすられたりもされたが……勃たない。って、俺、お七にここまで打ち明けてよいものなのか」

「だから、あたしには正直に話してくれたらいいの」

「ほんと、お七には何でも言える気がする。他人とは思えない」

お七は、あんたとあたしはいとこだからと言ってやりたい衝動にかられたが、抑えた。

「どうして、駄目なのか、自分ではわかる？」

「……跡継ぎを作らないといけない、ここに来てる女たちは、別に俺のことを好きでもないのに、林祥院さまに言われて仕方なく寝ようとしてる……そのように考えると、虚《むな》しくなってしまうのじゃ。俺が将軍ではなかったら、みんな俺のこと、どうでもいいんだろうな、と考えると、勃たない……俺、本当に自分に自信がなくて……駄目な男で情けない」

お七は黙って聞いていたが、隣にいるいとこが哀れになり胸が締めつけられる。

「徳川の血を引く人間の中で、俺より優秀で将軍に相応《ふさわ》しい者は、他にいるはずなのに、たまたま、父上から生まれた男が俺ひとりだったから、将軍になってしまった……。林祥院さまも内心、複雑なはずであろう。自分は子どもができずに、自分の女中が将軍の子を産んで、その子がまたふがいなくてって……。それでも林祥院さまは、責任感の強い方だから、次の将軍を作るために、俺のところにいろんな女性を連れて来られたが、それもうんざりしておるのじゃ。子どもを作るためだけに肌を合わせるだなんて、俺も、女の人も、人間じゃない、家畜のようではないか」

そう言って、将軍は再び大きなため息を吐いた。

「つまりは、いろいろ考え過ぎちゃうってことですね」

「そうじゃ。そうして失敗を繰り返すうちに、大奥の女たちに馬鹿にされるのが伝わるし、林祥院さまも、今は完全に俺に呆《あき》れて、もう何も言ってこなくなった。まあ、そのほうが気楽ではあるが」

そういうと、将軍は笑ったが、どこか哀しげでもあった。

「父上か――母上が生きていたら、また違ったのかもしれぬな」

このいとこは、自分と同じ境遇なのだと、お七は改めて考えると、同情の念が湧き上がる。けれど違うのは、自分には、愛情を注いで育ててくれた銀次郎とお加代の存在があったが、彼にはないのだ。

なんとかしてやりたい――と、お七は思った。

「あの娘か」

縁側に座り話をする将軍とお七の後ろ姿を眺める目があった。気づかれぬように、襖の隙間から鋭い目が四つ、ふたりの背中を刺している。

「上さまが大層、新入りのお女中を気に入ったという話で大奥が今もちきりです。あの、童貞インポのへなちょこ将軍が、初めて自分からお召しになったと。何でも神田の茶屋の娘のお七という……」

頭巾で顔を隠した男——大奥では丈忍と名乗る御典医の耳元で、お里乃の方が、甘えるような声で囁《ささや》いた。

「お七か……まさか、このようなところで再び会うとはな」

丈忍——かつて、上野の大島寺の住職を勤め「丈円」と呼ばれていた男は、そう口にすると、にやりと楽しげな笑みを浮かべる。

「ただの町娘ではないことは、承知しておる。お七——顔を隠しても、『半乳』と呼ばれた女だと見抜いておるわ。目と、身体つきで、わかる。唇と乳房の感触も……」

丈円がそういうと、お里乃の方が手を丈円の着物の衿元《えりもと》に差し込み顔をよせる。

「まぁ……さすが丈円さま。あのお堅い林祥院を我が物にし、虜にしただけのことはありますわ。偶然ですわね、わたくしもあの娘、どこかで会ったことがあるような気がしていたのですけど、思い出しましたわ。半乳……また会うとは思っていましたけど、その通りになりましたのね」

お里乃の方は妖艶な笑みを浮かべる。

化粧や髪型で別人の顔を作っているが、お里乃の方はかつて片山兵衛をいたぶった薬屋に扮《ふん》した伊賀忍者・桃雲斎、その人であった。

「林祥院……あれは憐れな女よ。あの美しさ、気品、そして人よりも強い性の欲がありながら、十年、男にふれられずに将軍家のためにと生きてきたのだから。俺は、林祥院が憐れで、泣きながら俺の胸の中で悦びの声を口にするあの女が愛《いと》おしくてたまらぬ」

「丈円さま……情に流されてはいけませぬよ。我々のすべきことは――」

「わかっておる」

丈円はそういうと、お里乃の方の唇を強く吸った。

五、江戸城騒乱の巻

大奥という女の園——様々な話を噂《うわさ》には聞いているが、想像もつかない。男は将軍しか足を踏み入れることができない、女たちの世界——。

兵衛は、金之助を通じて受け取ったお七からの手紙を手にしていた。

「片山さま、難しい顔をなさって。お七はどうしてますか」

兵衛の前に団子と茶を置いたのは、お七の育ての親であるお加代だ。兵衛は、岡っ引きの銀次郎の妻のお加代が営む茶屋を訪れ、金之助から状況を知らせるお七の手紙を受け取ったのだ。

「上手《うま》くやってくれてはいるようだ。周りの女たちも、親切だと書いてある」

「それならよかった。大奥ってところは私はどんなところか知りませんけど、いじめられたらどうしようとか心配してたんです。なんだかね、変な死に方をした女もいるとか、いろいろ聞くじゃありませんか」

お加代が胸をなでおろしている様子を見て、兵衛も安心した。いつもなら自分がそばにいて手助けもできるのだが、大奥は男子禁制なので、こうして手紙で様子をうかがうことしかできず、兵衛も不安だったのだ。

お七の手紙には、大奥での生活の様子と、将軍については、やはり事前に聞いていたとおり女と交わらず、周囲にも嘲笑されているという話と、新しい御典医が来てから、林祥院の様子が変わり美しくなったという噂だと書かれていた。疱瘡《ほうそう》で痘痕があり、顔を隠している、大層腕がいいという噂の御典医「丈忍」について調べて欲しい、と。

御典医か――確か先の将軍の御台所《みだいどころ》・林祥院お付き御中臈のお里乃の方の親元が世話になっている医者だと聞いていた。だから、江戸では知られていない男だ、とも。

「案ずるほどのことではないかもしれないが」

兵衛は茶を飲みながら、そう口に出した。

それにしても、やはり、お七の顔を見られず、こうして人づてで手紙でやりとりしかできないのが兵衛を不安にさせていた。

「お七どのを信じるしかできぬが……もどかしい」

兵衛は立ち上がり、お加代に団子の礼を言うと茶屋を後にした。


「お七さん、ずいぶんと上さまに気に入られてるみたいじゃない。そろそろ寝所に呼ばれるんじゃないかってもっぱらの噂よ」

お美津にそう言われて、お七は困惑を隠せなかった。確かに自分は、最近は毎日将軍の元に呼ばれているが、やっているのは剣術指南と、その合間に話の相手をしているだけで、色っぽい雰囲気など皆無だ。

「いや、ないわ。ありえないって」

「でも、あの上さまが、初めて自分から女に関心を持ったって、話題になってるよ。お七さんが、上さまの童貞を奪うんじゃないかって」

そう言って、お美津はくすくすと笑う。

「童貞を奪う……それは本当にない……」

上さまに対して親しみはあるし、頼りない弟みたいな気持ちになって接しているけれど、そんな対象じゃないと、お七は言いかけてやめた。
――第一、あたしがそもそも男を知らぬ生娘《きむすめ》だから、初めての相手が童貞っての
は、絶対上手くいかなさそう――。
「ご老中や側用人《そばようにん》、若年寄さまの中には、期待してる方たちもいるんじゃないかし
らね。家光さまの例もあるもの。一度、女の味を知って興味を持ったら、そのあと
女を貪って、お世継ぎもできるかもって」
お美津がそう言った。
「まあ、あたしは、男っぽいというか……上さまからしたらちょっと変わった娘だ
から、面白がってくれてるのはあるかもしれない」
お七がそう言うと、お美津は吹き出した。
「自分でわかってるじゃないの。お七さん、ほんと身が軽くて松の木の上とかに
軽々と登るしビックリした。剣術だって、その辺のお侍よりも上だって聞いたわよ。
まあ、とにかく、上手く行けば御台所さま、子どもを授かれば将軍さまの母よ。頑
張んなさいよ」
「はぁ」

お美津にそう言われても、自分も、おそらく将軍もその気はないのだからと、お七は返答に困る。

「けど、気をつけてね。あの、今まで女に関心を示さなかった上さまにお気に入りができたというので、お七さん、今、注目されてるから。やっかみもあるかもよ」

そう言われて、心当たりは確かにあった。

廊下を歩いていても、ちらちらと視線を感じ、「あの子よ」「たいしたことないじゃない。いかにも町娘で品がなさそう」「上さまは変わってるから、女の趣味も変わってるのね」などと、わざと聞こえるように話しているのも耳に入る。

将軍さまに気に入られて、大奥で注目を浴びかけていることは、先日、床下に潜んで訪れた金之助に託した兵衛への手紙には書かなかった。

いらぬ心配をかけてはいけないし、誤解されそうだなとも思ったのだ。

それに、本来は、もっと目立たず静かに大奥を探る予定だったのに、予想外に名前や顔が知られてしまい、それはそれで動きにくい。成り行きでこうなったとはいえ、今度の動きをどうするか判断がつかない。

将軍とは毎日話をするが、町の様子などを聞きたがるのと、愚痴の聞き役になっているぐらいだ。

ただ――ひとつこの大奥での最近の変化といえば、林祥院だ。最近、美しくなり艶を増したとは聞いていたが、確かにお七の知る限りでも、妖艶さを日に日に増している。

「林祥院さまは、もう俺に関心はないのであろう。前は、世継ぎのために女を近づけたり、行儀作法や、武芸の稽古が苦手なことを気にかけてくれていたが……。最近、あの御典医と、お里乃の方が来てから俺のことはは本当にどうでもいい様子で……さすがに呆《あき》れて見捨てられたのであろう」

将軍が、寂しそうにそうお七に話したこともあった。

血の繋《つな》がらぬ母ではあるけれど、早くに実の母を亡くした将軍にとっては、林祥院の存在は大きいに違いない。

御典医は、お里乃の方の実家の推薦で京都から来た男で、丈忍という名前だと聞いていた。痘痕面なので顔を隠している。お七は廊下を通り林祥院の元に行くその様子を、一度だけ見かけた。顔を隠す布の隙間から、目だけが見えた。

お里乃の方も、数ヵ月前に京都から来た美しい女だ。懐かしい故郷の女ということで、林祥院とは気が合うらしい。

丈忍とお里乃の方が大奥に来たことと林祥院の変化と関係はあるに違いない。話によると、林祥院の気鬱のツボを丈忍の施術により押され、身も心も調子がよくなったということだが……。

「あ、あたし、そろそろ行かなくては」

お七は自分を呼ぶ女中の声が聞こえてきたので、そう言った。

今日も将軍の剣術指南があるのだ。

「頑張ってね」

そう言って、お美津は意味深な視線をよこした。

お七がいつもの庭に行って待っていると、「上さまのおなり――」と、声がかかる。

庭に面している縁側の奥の部屋の襖《ふすま》が開き、人が入ってきた。

いつもと違う――将軍と、お付きのものだけではない。

お里乃の方だ。

「お七。上さまが、大層、そなたのことを褒めておいでです。剣術だけではなく、世の中のこともよく存じており、話をして楽しいと。林祥院さまも気にかけておられるので、少し、そなたと上さまの稽古の様子を見せてくれぬか」

そう言って、お里乃の方は艶《あで》やかな笑みを浮かべた。

この人――あたし、どこかで会ったことある気がする――お七は口にはせずに、そう考えていた。

「お七、今日も頼むぞ！」

将軍は、いつもの通り屈託なく、竹刀を持ちお七の前に立つ。

お七は掛け声を発して、将軍と竹刀を交わす。将軍も、以前よりは動きが早くなってきたし、攻めるほうはまだまだ弱いが、かわすのを覚えてきた。

「お七」

一息ついて休もうとしていたら、お里乃の方に声をかけられた。

「はい」

「そなたは神田の茶屋の娘と聞いておるが、何故、そのように剣術に長《た》けておるのじゃ」

「……子どもの頃から、近所の男の子たちと遊ぶことが多かったのです。ですから、父に頼んで道場に通わせてもらいました」

お七はそう言った。嘘《うそ》ではない。

「女だてらにな。上さまは、そんなそなたが気に入ったようで、剣術の稽古に身を入れてくださるようになり、林祥院さまもお喜びである。よく動くので、汗をかいておるな。稽古が終われば、湯殿を使うがよい。林祥院さまからのお気遣いじゃ」

「ありがとうございます」

お七は頭を下げた。

お里乃の方は、笑みを浮かべ、「わらわはこれで」と、奥へ去っていく。

「ねぇ、上さま」

「なんじゃ」

ふたりきりになったので、お七は縁側に腰をかけ将軍に小声で喋《しゃべ》りかける。

「なんか、あたしが上さまに気に入られてお手付きになるんじゃないかとか噂されてるみたい」

「ああ、だからお里乃の方も、様子を見に来たのであろう」

将軍はこともなげに言った。

「困ったな。あたしと上さまはそういう関係じゃないのに」

「俺はお七が来てくれたら嬉《うれ》しいぞ。夜の生活は自信がないが」

「はぁ？」

将軍の言葉にお七は思わず大きな声を出してしまう。

「あたしのこと、そういう目で見てたんですか？」

「いや、そうではなくて、話ができぬような公家のおとなしい娘や、気位の高い女や、世継ぎを産む気まんまんの女とかと無理やり一緒にさせられるよりは、お七だと気を使わなくていいと思っておるのじゃ」

「……勘弁して下さい……」

お七は、ため息をついた。将軍自身は知らないが、実は自分たちはいとこ同士だ。それもあって、親愛の情を抱いてはいるのだが、それと男女の結びつきとは全く別だ。何よりも、大奥なんて窮屈なところで一生過ごす気はない。

「わかっておるわ。お七を、こんなところに閉じ込めるのは、無理じゃ。冗談だ。勝手に周りが盛り上がってるに過ぎぬし、放っておけばいい」

将軍が、そう言った。

「誤解しないで。あたし、上さまのこと嫌いじゃありません。親しみも感じてる」

お七がそう言うと、将軍は明るい表情になった。

「俺も。お七は、友だちだと思っておるぞ。女の人と話すのは苦手で面倒じゃが、お七だと全くそれがなく、まるで男同士のようじゃ」

「それ、喜んでいいのかわかんないんだけど」

お七がそういうと、将軍は声に出して笑った。


稽古が終わり、お七はさきほどのお里乃の方の言葉通り、御女中に従い、湯殿に案内された。普段、お里乃の方などの身分の高い者たちが使う湯殿だ。ここで普段、ぬか袋を持った女たちに身体《からだ》を磨かれるらしい。

お七は着物を脱ぎ、裸になり湯殿に入る。湯を浴びると、大きなため息が出る。

「お七どの、身体を磨いてさしあげよう」

お七が驚いて声を出す暇もなく、扉が開き、そこには薄手の襦袢《じゅばん》に着替えて襷《たすき》をしたお里乃の方がいた。

「えっ！　そんな、恐れ多い」

お七は急いで乳房を手で隠す。お七の乳房には葵《あおい》の紋が入っている。これを見られるわけにはいかない。

「恥ずかしがっておるのか。いいではないか、女同士じゃ」

お里乃の方は、ぬか袋を手にして湯殿に入ってきた。これでは逃れようがない。

お七は座ったまま両手で胸を隠し、膝を合わせる。

「綺麗《きれい》な肌じゃのう」

お里乃の方が手のひらでお七の背中に触れて、そう言った。

「さすが若いだけあるわ。瑞々《みずみず》しくて吸いつくような肌じゃ。お七、さぞかし今まで男を泣かせてきたのであろうな」

「いいえ……あたしは、そんな……男の人を泣かせたことなんか……ありません」

ぬか袋を手にした手と、もう一方の手のひらが、お七の背中から腰をゆっくりと撫《な》でまわす。

なんだか、変な気分……なんだろ、これ。

お七は声を出さぬように歯を食いしばる。

「それでは、おぬしは生娘か。まだ男を知らぬのは、もったいないのう……このように男心を誘う豊かな乳房をしおって」

そう言って、お里乃の方の手が、背中からわきの下を通り、お七の乳房の下をなぞる。

「うぅっ」

お七は必死に声を殺したが、身体の力が抜けていくのがわかる。しかし、とにかく葵の紋を見られてはならぬと、腕だけは離さない。

「腰の張りも素晴らしい。尻も太もももも柔らかい……これならよい子を産めそうじゃの。うふふ」

お里乃の方の手が、腰から尻、そして太ももの内側に指先を動かしながら近づいてくる。指先がまるでお七の肌の感触を確かめるように細かく動き、お七は歯を食いしばる。

固く締めているつもりの太ももだが、お里乃の方の指が、そよそよと近づいてくると、力が抜けそうだ。こそばゆさの一歩手前の、得も言われぬむず痒《がゆ》さが、身体の奥に火をつける。

だめ……そこだけは……。

お七は思わず、身をよじらせる。

「逃げずともよい。お七、上さまはそなたを気に入っておられる。子を産むにふさわしい身体かどうか、見せてくれや」

そう言うと、お里乃の方はお七の正面に回り、固く閉じた両脚に手を置いた。

いやっ——。

女のものとは思えぬ力で、お里乃の方はお七の両脚を内側から開かせる。お七は耐え切れず、乳房を隠していた両手で、股の間を隠した。乳房がぷるるんと、まろび出てしまう。けれど、もう、余裕はなかった。股の間だけはたとえ女の人でも見られてはいけない——。

「ふふ」

お里乃の方は、満足げにほほ笑みながら、お七の脚から手を離し、立ち上がる。

「悪かったのぅ、お七。林祥院さまが、上さまお気に入りのそなたの身体が健康であるかどうか、心配されておってな。どうやら、思った以上に、いい身体をしておるようじゃ。安心して、報告しておくぞ」

そう口にすると、お里乃の方は湯殿から出ていった。

「なんとか一番大事なところだけは死守できたけど……」

お七はそう呟《つぶや》いて、大きく息を吐く。さきほどのお里乃の方の指の感触を忘れようと、呼吸を整える。

「すっかり、そういう話になってるんだ。あたしが上さまの子どもをって、そんなことありえないのに」

お七は湯殿から上がり、手拭いで身体を拭き着物を来て、ふと気づく。

あそこを隠すために、手を放してしまった。乳に彫った葵の紋を、見られたかもしれない――。

「やはり、間違いない。乳房に葵の紋が彫ってあったわ。あの娘は、半乳と名乗った女だ。徳川の血を引く女……きっと、先々代の将軍の落胤《おとしだね》の子であろう。先々代の将軍が貧乏旗本の娘に手をつけて御台所の怒りを買い、大奥から追い出された話は耳にしたことがある」

お里乃の方――いや、姿は見目麗しい女だが、声は本来の男の声に戻っている。

桃雲斎――伊賀忍者の末裔《まつえい》と称する男だ。

隣には、けだるげに脇息《きょうそく》にしなだれかかっている男がいた。疱瘡の痕が残っているからと普段顔を覆い隠している布をとった、御典医の丈忍――かつて上野の大島寺の住職・丈円と名のっていた男だ。あれから髪は伸びて、僧形ではなくなっている。

「徳川の血を引く女が、同心と繋がり、大奥に潜入し将軍に近づいておるのは……我々の動きを疑う者から差し向けられたと考えたほうが、よさそうだな」

丈円は全く落ち着き払った様子で、笑みすら浮かべている。

「さようでござる。丈円さま、どうなさいますか」

桃雲斎がそう問うた。

「具体的に何かを摑《つか》んだわけでもなかろうが……我らも悠長にしておられないということか。もう少し、林祥院の身体を味わって遊んでおるつもりであったが……あれはいい女よ。好きものじゃ」

丈円は、楽しげに応じる。

「その林祥院さまは、いかがでござるか。伊賀に代々伝わる淫靡誘丸《みだらまる》――これを吞《の》むと、その性の魔力で異性を虜《とりこ》にし攻撃力を無くさせるという秘伝の薬を朝晩、気鬱に効くと飲ませておりますが……」

「そして、この丈円が、毎晩、林祥院に歓喜を与え、己の持つ『ふぇろもん』を注ぎこんでおる。そうだな……もう十分、林祥院は『ふぇろもん』を蓄えておるであろう。そちの薬の力を借りて、我々の計画の盾になってくれよう」

「丈円さまの色事の力と、伊賀の忍術ならぬ淫術が加われば、思い通りにならぬ女などおりませぬわ」

そう言って、桃雲斎は、笑みを浮かべる。

「徳川幕府滅亡は己の一族の悲願でございました」

「俺だとて、そうだ。いや、お主と俺以外にも、この国には徳川に恨みを抱いている者たちは、影を潜めているが、相当いるはずだ。この機に、一丸となって、まず江戸の町を手にすれば、各地から我々の味方になってくれる者も出るであろう」

そこまで口にして、丈円は言葉を止める。

「丈円さま」

桃雲斎が、丈円にしなだれかかり、手を伸ばし、股間の上に添える。

「あの、お七という女は、どういたしましょう」

そう言いながら股間を握り、指を動かしはじめた。

「将軍もろともに……いや、まて。将軍の血を引いているのなら、考えがある」

丈円がそう口にすると、桃雲斎はもう耐え切れぬと言わんばかりに、丈円の股間に顔を埋《うず》めた。桃雲斎も、丈円も、男も女も相手にすることができる。性に貪欲な人間に、禁忌はないのだ。

「悠長にはしておられぬ……とすると、次の、あの日しかないであろう」

丈円が桃雲斎に肉の棒を吸われながら、そう呟いた。


江戸幕府は三代将軍家光の時代に参勤交代という制度を施行した。諸大名は一年おきに江戸に参り、正室と世継ぎは江戸に留《とど》めておかねばならないのだ。参勤交代には莫大《ばくだい》な費用がかかるので、諸大名の軍事力を低下させるため、また妻子を江戸に留めるのは人質をとるためだと言われている。

その江戸にいる諸大名たちが江戸城の将軍の元に参る定例日が月に三度定められており、明日がその日だった。

「明日は稽古は無しだ。大名たちに会わねばならぬ。めんどうじゃのぅ。お七と遊んでいるほうがいい」

「遊んでるとか言っちゃ駄目でしょ。あくまで剣術指南なんだから」

　そんな会話をお七と将軍は交わしていた。

「そういえば、林祥院さま、このところ具合悪そうで顔を見せぬから気になっておったのじゃが、だいぶ元気になられたらしい。明日、大名登城のあとで、様子を見に行くつもりだ」

「へぇ……」

　お七は、とっさにお里乃の方の顔を思い浮かべた。

　このところ、林祥院さまはますます色艶を増していると大奥の者たちは皆、噂をしていた。女ですら、近づくと、その妖艶な色気にひれ伏してしまいそうになると。

ところが、ここ数日、林祥院さまは具合がすぐれないと部屋に籠り切りで、御典医の丈忍とお里乃の方がつきっきりだと聞いていた。

「俺は常々心配かけているのでな。林祥院さまが元気になってくれて嬉しいのじゃ」

将軍は能天気にそう言っているが、お七は胸騒ぎがしていた。

「ぁあ……」

女は全身に力が入らぬようで、口からもよだれを垂らしている。それでも男の上に跨《またが》り、腰だけは小刻みに動かしていた。

「林祥院さま、ほんに淫らになられた」

正座をして目の前の男女のまぐわいを眺めるお里乃の方の膝元で焚《た》かれている香から漂う薄桃色の煙で部屋には靄《もや》がかかっている。

「淫らが、この女の本性じゃ」

「それに、江戸中の女を夢中にさせる丈円さまの『ふぇろもん』と、私の術が加わってはひとたまりもありませぬわ」

お里乃の方——桃雲斎が鋭い目を光らせながら、笑った。

「明日じゃ。明日、諸大名たちが大広間で将軍に謁見する。明日こそ、我らが悲願を果たす日だ」

喘《あえ》ぎ声をあげる林祥院は、もう彼らの声は耳に入っている様子はない。すっかり惚《ほう》けてしまった姿で、丈円とつながった腰を揺らしている。

「今宵は、この丈円の『ふぇろもん』を、ありったけ林祥院さまに注ぎこまねばならぬ。桃雲斎の伊賀に伝わる色艶秘術により夜通し交われば、林祥院さまは、史上最強の、男を狂わせずにいられない力を身につけられる――」

丈円はそういうと、林祥院の身体を抱えて仰《あお》向《む》けに寝かせ、今度は自分が上になり挿入する。

「ぁあ……」

「この日のために、この丈円、たっぷりと時間をかけて林祥院さまの身体も心も手に入れたのだ。寂しい女の身体は、極上であった。俺も楽しませてもらった……ああ……林祥院さまの肉襞《にくひだ》が俺の肉の棒を締めつけてくる……そろそろ出そうだ……」

丈円の身体が震え、桃雲斎は身を乗り出す。

「出るぅっ……うぅ……俺の全てを注ぎこんで極上の女になるがよいっ!!」

そう叫びながら丈円はすさまじい力で腰を打ち付ける。

「ぁあああああっ――――っ!!」

林祥院は咆哮《ほうこう》をあげ身体を反らし、そのままぐったりと全ての力を失ったように目を閉じた。

諸大名たちは行列を仕立て、江戸城大手門、桜田門《さくらだもん》を目指す。下馬所で馬を降り、大半の従者を残して城に入り、将軍への謁見のために大広間に向かう。

時刻になり居並ぶ大名たちの前に、将軍が現れた。

「上さまのおなり――」

大名たちが一斉に頭を下げる。将軍が上座に座り、「面をあげよ」と口にした瞬間――。

「うふふふ……」

廊下から、女の笑い声が聞こえ、何ごとだと皆が一斉にそちらを向いた。

「林祥院さま！」

老中の声が聞こえる。

「皆の者、林祥院さまが、大奥から……」

「うふふ……わらわは気がふれてなどおらぬわ！　近づくな！」

大名たちが戸惑うなか、透けた生地の赤い襦袢だけをまとった林祥院が大広間に現れた。

「林祥院さま……なんというお姿」

老中や若年寄、側用人や大名たちも戸惑いながら、林祥院の姿に目を奪われている。

赤い襦袢の胸元からは、豊かな白い乳房がまろび出て、裾からはむっちりした脚がむきだしになっている。またその間から、黒い繁みまで見え隠れしていた。

林祥院は艶やかな笑みを浮かべて、大名たちを眺めている。

そしてそんな林祥院の両脇にいるのは、お里乃の方と顔を頭巾で隠した御典医の丈忍だ。ふたりは他の者に林祥院が触れられぬように、傍に張り付いている。

「上さま」

林祥院は上座で呆然《ぼうぜん》としながら自分を見つめている将軍のほうに手を伸ばす。

「上さま、おいで」

将軍は、ふらりと立ち上がり、まるで見えない糸にからめとられてしまったかのように、林祥院の元に近づく。

「どうなさったのじゃ、林祥院さま」

老中たちが駆け寄ろうとすると、お里乃の方が、蝶《ちょう》がさなぎから現れるように着物を脱ぎ、黒い忍者装束姿になった。顔も男の顔に戻っている。

丈忍――丈円も、顔を覆う頭巾をとり、その端正な素顔を見せる。

「我の名は桃雲斎。伊賀忍者の末裔じゃ。ここにおる丈忍こと丈円と共に、林祥院と将軍の命は預かった」

いつのまにか将軍は林祥院に抱きしめられ、力が抜けている様子だ。

「何が目的じゃ！」

側用人や老中が腰の刀の柄《つか》に手をかけ、叫んだ。

「まずは江戸城を占拠する。将軍と大名たちはそのための人質だ」

「させるか！　ものども、出合え！　出合え！　曲者《くせもの》じゃ！」

老中が声を張り上げると、廊下の奥から江戸城に詰める侍たちが次々に刀を手にかけ姿を現す。

「切りかかってみろ。林祥院と将軍がどうなるかわかっておるだろう。林祥院はこちらの手にある」

広間にいた大名たちは、何が起こったかわからずざわついている。

「大名には、俺たちの味方になってもらおうか。林祥院、行けっ！」

丈円がそういうと、林祥院は将軍を丈円に託し、ふらりと舞うように大広間の上座に向かい歩いていく。

桃雲斎はふところから、棒状の香を取り出し、火をつけた。薄桃色の煙が広間に広がっていく。

「伊賀忍法・淫猥煙《みだら》」

そう言って、桃雲斎はにやりと笑う。

将軍が丈円の手の中にいるので、皆は手出しをできず、刀を構えたまま見守っている。

林祥院は誇らしげに広間の上座に立ち両手で襦袢の裾を手にした。

「わらわの肉体を見るがよい！　男の視線がわらわを淫らにするのじゃ！」

そう叫んだ林祥院は裾を開き、その肉付きのいい身体を露《あら》わにする。たぷんとした乳房が揺れる。

「林祥院さま！」

「おそれ多い！　見てはならぬ！」

大名たちは目を伏せようとするが、欲望に抗《あらが》えず立ちすくんでいる者もいた。

「ぁあ……素晴らしい……林祥院さま」

「たまらん身体だ……ここまでいい匂いがする」

「うぁあ……身体が言うことを聞かぬ！」

そのうち、大名たちが次々と、身をよじらせ、己の股間を押さえ始めた。

林祥院は満足げな笑みを浮かべて、たわたな乳房と白く柔らかな身体とを露わにしたまま、その様子を眺めている。股間に繁《しげ》る濃い陰毛も隠そうとはしない。

「なんだこれは……」

手拭いで鼻を押さえながら、そう呟いたのは、片山兵衛だった。お七から今日、何かが起こるかもしれないと昨夜知らせを受け、老中に申し出て江戸城に潜り込んで城詰の侍の中に紛れていた。

桃雲斎の姿を見たときから、かつてその術に翻弄されたことを思い出し、薄桃色の煙を吸わぬように鼻を押さえていた。

大名たちは、煙幕の中で、うめき声をあげながら、股間に手をそえ、うずくまる者もいれば、身体を揺らしている者もいる。

「林祥院さまに、俺のふぇろもんを注ぎこんだのじゃ。ふぇろもんとは、人の根源にある欲を呼び覚ます淫らな力であるぞ。林祥院さまから噴射された女の肉体の色香と、桃雲斎の淫猥煙により、大名たちは性の欲を最高に昂《たか》ぶらせ、身体が思い通りに動かなくなっておる。そのうち淫猥煙が頭と体の奥まで行き渡り、大名たちは林祥院に従わざるをえなくなるだろう。どの女でも、このような力を身に着けられるわけではない。もともと林祥院は肉の交わりを強く欲する女であり、また孤閨《こけい》を長く守っておったので、その分の飢えが強く俺のふぇろもんを吸収したのだ。可愛《かわい》い女よのぉ。徳川幕府が、己らのために大奥などというところに女たちを閉じ込めて抑圧しておったので、溜《た》まりにたまって爆発しておるのよ」

丈円は楽しげにそう口にした。

大名たちはもだえ苦しみ、林祥院はその姿を見て妖艶な笑みを浮かべている。

「ぁあっ！　駄目だっ！　出るぅ」

「俺も……」

そう言って、股間を押さえたまま倒れ込む者たちもいた。

なんたる醜態だ——兵衛は歯を食いしばる。

「さぁ、次はおぬしらだ」

丈円がそう言って、老中や江戸城勤めの侍たちのほうを向くと、林祥院も体の向きを変え、豊満な肉体を見せつける。

「待ちな！　丈円！」

どこからか、女の声がした。

兵衛は顔をあげる——大広間だ。

上座の壁沿いの武者隠しが開き、女の白い脚が現れる。武者隠しは将軍の警護のために人が隠れる場所だ。

女が、脚から先に、するりと武者隠しから現れた。

着物をたくし上げ、顔は頭巾で隠しているが、つぶらな瞳が鋭い光を帯びて丈円を見ている。

「あたしの名は、人呼んで、半乳」

そう言いながら、半乳——お七は両手で衿元《えりもと》をぐっとはだける。半分剝《む》き出《だ》しにされた白く豊かな乳房に、葵の紋の彫り物が見えた。

「あたしは徳川の血を引く女。エロ……いや、江戸の悪は許さない。上さまと林祥院さまから手を離しな！」

「やはりまた会えましたね、半乳さん」

丈円は全く焦る様子もなく、将軍を脇に抱え、笑みを浮かべたまま半乳のほうに身体を向ける。

「あなたの柔らかい唇と、搗《つ》きたての餅のような弾力のある乳房を、忘れられぬ夜を過ごしておった。思い出して、何度、我が身の肉の棒をしごいたかわからぬ」

丈円の甘い声が、お七の記憶を呼び覚ます。男に抱きしめられ、口を吸われた甘い記憶を。何度も思い出して身体を熱くした、あの記憶――。

お七はそんな想いを振り払うように、丈円を睨《にら》みつける。

「丈円、桃雲斎……上さまを人質にし、林祥院さまを利用して大名たちの力を失わせ……何をしでかす気だ」

「半乳さん。そなたはさきほど、江戸の悪は許さないと申されたが、どちらが悪と言えるのであろうかな。徳川の圧政に苦しむ民たちがこの国にはたくさんいるのを御存じでしょうか。将軍だけが絶対的な権力を持ち国を支配しているが、その陰で泣いている者たちがいる。徳川に恨みを持つ者も、たくさんおります」

　丈円は、脇に抱え込んだ将軍の耳元に口を近づける。

「この将軍は、たまたま徳川家に生まれたというだけで、頼りなく皆に馬鹿にされもしている。女も抱けぬ、童貞将軍だ。そんな男の元に、莫大な費用をかけてこうして大名たちが呼びつけられひれ伏さなければならぬのはおかしな話であることよ。本来、国を支配し動かすのは、力と才のある者のはず。こんな童貞に何ができるか！」

　痛いところをつかれたのか、将軍は俯《うつむ》いて唇をかみしめている。

「しかし、おそらくこの将軍を殺しても、何も変わらぬ。誰か代りの徳川の血をひいたものが将軍になり、形だけの将軍でも江戸幕府はゆるぎなく続くであろう――だから、半乳さん、そなたを待ち受けていたのじゃ」

「へ？」

　お七が戸惑っていると、丈円は目配《めくば》せし、将軍の身を桃雲斎に渡して、広間にいるお七に近づいてくる。

「半乳さん――俺と子どもを作ろうではないか」

「はぁ？　じょ、丈円、何を……」

丈円は、ゆっくりとお七に近づき、耳元に口をよせて囁《ささや》いた。

「そなたは徳川の……将軍の血を引いている女だ。俺の子を産んで、その子が将軍になれば、徳川幕府を倒さずとも、俺の物にできる」

お七は言葉を失う。

丈円はお七の顔に両手を添え、正面に立つ。

「俺の目を見て」

「――」

お七は自分の身体から力が抜けるのを感じていた。

この目だ――かつて、江戸の女たちが、お七自身が、心を奪われてしまったこの瞳――。

頭では、離れるべきだとわかっていても、身体が動かない。丈円にふれられるのを待っている。

「やめろ！　それ以上、近づくでない！」

大きな声がして、丈円がうしろを振り向いたので、お七は我に返る。

片山兵衛が刀を手にして、丈円の後ろに立った。

「片山さま」

「半乳どの、その男の魔の手に囚《とら》われてはならぬ！　林祥院さまのようになりたいのでござるか！」

お七はふと、襦袢を肩にかけたまま裸を晒《さら》し、大名たちの間を、気がふれたように笑いながら彷徨《さまよ》っている林祥院の姿を見た。

「その男の術にはまって、色狂いにされたいのか。目を覚まされよ、半乳！」

兵衛の目は強い光を帯びて、刀を向けている。

お七は、腰に差していた十手を手にして、丈円から離れる。

この十手は、亡くなった父の形見だ。徳川の御落胤《ごらくいん》である母を愛し守り続けた父が、あたしに託したものだ。

あたしが守らねばならぬものは――。

「丈円、御用だ。そなたらの思い通りにはさせぬ」

お七は、そう言って十手を丈円に向けるが、丈円は、まだ不敵な笑みを浮かべ続けている。

「桃雲斎の忍術で、ここにいる皆の力も奪ってみせる」

丈円がそう言うと同時に、桃雲斎が将軍を抱えたまま、広間の丈円の傍に近寄った。将軍は桃雲斎に引きずられながら、悔しそうに唇をかみしめている。

「伊賀忍法・淫猥煙、再び」

桃雲斎は、そう口にすると、片方の手を胸元に入れ、筒を取り出した。

「この煙は、さきほどのものより更に効果が強いのじゃ。一気に江戸城中に広がるであろう。そうなると、城中のものが、ここにおる大名たちのようになるわ。ここまで強い煙を出す薬を作る金を集め、このときのために密《ひそ》かに京都で作らせたのじゃ」

そういうと、桃雲斎は、筒の蓋を唇で挟んで持ち上げる。ポンッと音がして、濛々《もうもう》と薄桃色の煙が上がり始めた。

「待ったぁ！　そうはさせへんで！」

足音が響き渡り、廊下の奥から侍たちをかきわけて、十数人の男が広間に入ってきた。先頭にいるのは、銀次郎、その後ろには金之助と玉五郎、またその後ろにも男たちがいる。

銀次郎の仲間である江戸の岡っ引きたちだ。

そして男たちは何やら手にしていた。

「丈円、桃雲斎、おぬしらの動きを察して、幕府が何もせずにいたと思うか。御典医の正体を調べていくと、『丈忍』なる医者は、江戸にも京都にもいた形跡がないのがわかった。そして林祥院さまの様子が急に美しく妖艶になられた――魔に魅入られたようだと聞いて、俺はかつて、得体のしれない薬で俺を翻弄した、徳川に恨みのある伊賀忍者の末裔――そこにいる桃雲斎のことを思い出した。いや、お七――半乳どのが知らせてくれていたのだ」

兵衛が、刀を手にしたまま、そう言った。

「お前たちはあたしに気づいていたかもしれないけれど、あたしだって姿を変え、顔を隠そうがお前たちに覚えがあった。丈円――あなたの瞳は、忘れたことはない。大奥で一瞬見かけただけでも、あたしはすぐわかってしまう。顔を隠していても、目だけはあたしの記憶を徐々に呼び覚ました――」

お七は十手を手に、丈円と桃雲斎に近づいていく。

「そして桃雲斎。お前は大奥の湯殿をあたしにすすめ、あたしの正体を見破ったつもりだっただろうが、あのとき、あたしだってお前が伊賀忍者で、かつて薬屋と称して怪しげな術を使った桃雲斎だという確信を持った。あのとき、お前があたしの身体にぬか袋をこすりつけるふりをしてさわったとき……あたしは湯気の中から、ちゃんと見てたんだ。襦袢の股間のところが膨らんでいるのをね！　こいつは男だと気づいた。自在に顔を変えて女に化ける術を持つ、桃雲斎という男だと！」

桃雲斎が、にやりと笑う。

「おぬしを見くびっておったな。まさか、既に俺だと知って、幕府に知らせておったとは――確かに、湯殿でおぬしの身体にふれて、勃起していた――不覚だ。あまりにもいい乳をしておるので、つい欲情してしまったのじゃ！」

桃雲斎は、顔を歪《ゆが》めながら、お七を睨みつける。

「桃雲斎が、また怪しげな薬を使うかもしれん――片山さまがそうおっしゃるんで、江戸の団扇《うちわ》職人総がかりで、これを作ってもらったんや」

銀次郎をはじめ男たちが手にしていたのは、巨大な団扇だった。

「半乳、天井の煙を外に出すんや」

銀次郎がそういうと、お七は高く飛び上がり、十手を天井にぐさりと刺した。そこに縄をかけ、天井に張り付き胸元から火薬の玉を取り出し天井裏に置くと、十手を手に戻して、床に飛び降りる。

「伏せて！」

お七がそう叫ぶと同時に、爆発音がして、広間にいる者たちが伏せた。バタバタと天井が崩れ、大きな穴が開いて空が見える。

「今だ！」

銀次郎が号令をかけ、巨大な団扇で扇《あお》ぎだした。桃雲斎が手にした筒から噴き出した薄桃色の煙が団扇の風により、大広間の天井に開けられた穴から空に上る。

「おのれ……」

桃雲斎が悔しげに歯ぎしりをするが、丈円は笑みを浮かべたままだ。

「まさか江戸城の広間の天井に穴を開けるとは……大胆な。けれど、まだ将軍は我らの手の内じゃ。そして林祥院も――」

高らかな笑い声がして、半乳が振り向くと、大名たちがゆらりと立ち上がり、その真ん中に林祥院がいた。

「大名たちは、もう林祥院の意のままだ。ゆけ！　林祥院！　その熟れて悦《よろこ》びを知った女の肉体から発するふぇろもんで男たちを操れ！」

丈円が高らかに叫ぶ。

「男どもよ！　わらわが欲しければ、わらわのために動くのじゃ！」

林祥院がそう叫ぶと、大名たちはまるで死人《ゾンビ》のように、虚《うつ》ろな眼で股間を屹立《きつりつ》させながら、ゆっくりとお七たちに向かって歩いてくる。

「大名には、手を出せまいぞ」

丈円の言うとおり、刀を持った侍たちも、どう動いたらいいかわからぬ様子だ。明らかに正気を失っている大名たちに切りつけるわけもいかない。

「わっちらに任せるでありんす！」

広間の奥の襖が開き、女の声がした。

「ぱいずり花魁《おいらん》！」

お七が声をあげる。

「吉原おっぱい軍団、参上でありんす！」

吉原一の人気者で、巨大な乳を武器に男たちを虜にする佐奈也こと、ぱいずり花魁と、その後ろに艶やかな吉原の妓《おんな》たちがいた。

「片山さまに呼ばれて、急ぎ駆けつけたでありんす。勃起した男たちの世話はわっちらに任せるでありんすよ！　ふぇろもんだか御台所様か知らぬでありんすが、吉原の花魁の誇りにかけて、大名さまたちを元に戻してみせるでありんす！」

そう言って、巨大な爆乳を揺らすぱいずり花魁を先頭に、妓たちが次々と大名たちに近づき、口を吸い、身体に纏《まと》わりつき、股間に手を伸ばす。

「ぁあっ！」

「極楽浄土じゃぁぁっ!!」

花魁たちに絡みつかれ股間を揉《も》みしだかれ口で吸われ、大名たちは次々と歓喜の声を挙げる。

「男は出してしまえば、すっきりして我に返るでありんすよ！　男の精を放つのは、わっちら、お手の物でありんす」

ぱいずり花魁は、男の上に跨り、お七に向かってそう言った。

林祥院は、大名たちが花魁たちに絡めとられるのを眺めながら、呆然として立ちすくんでいる。

「丈円、あなたは何者？」

花魁と大名の狂態を後目《しりめ》に、お七は十手を手にして、丈円に近寄っていく。

「何が目的で、徳川幕府を我が物にしようとする」

丈円は怯《ひる》む様子もなく、じっとお七の目を見つめる。

この目に呑まれてはいけない――お七は歯を食いしばりながら、腰につけた縄を片手に持つ。

この男を捕まえるのは、あたしだ――。

「俺は子どもの頃から、身を隠すように生きてきた。それは俺が、存在してはならぬ者だったからだ。徳川に滅ぼされ、一族は全て、子どもであろうと殺された。けれど、心ある者に助けられ生き残った者もいて――俺はその血を引いているとだけ、言っておこうか」

丈円は、静かに、悲しみをたたえた瞳をお七に向けて、話し続ける。

「徳川の世の中で、その存在を無かったものにされた俺は、ひたすら性を貪って生きていた。性の交わりだけは、平等だ。身分が高かろうが低かろうが、関係ない。誰もが平等に、精を放ち、快楽を得ることができる。この童貞将軍が、いい例だ。男に生まれながらも女を抱くこともできぬ、女を悦ばすこともできぬ。俺のように、存在してはならぬ者ながら、多くの男も女も悦ばせ快楽を与え極楽へ導く者と、この将軍と、どちらの存在が尊いかな」

丈円はお七に近づき、手を伸ばす。

「そなたにも、教えてやろう。男と女の快楽の果てを——そして、俺の子を産め。徳川により滅亡させられた一族の子を将軍の血を引く女が産む——愉快ではないか！」

お七は目をつぶる。

やはりこの男の目を見てはいけない——。

「いやぁ……丈忍さまぁ……他の女にふれてはならぬ」

林祥院が走り寄り、丈円に絡みつく。

「離せ」

「いやでございます……わらわは丈忍さまから離れられませぬ……」

「離せというておるではないか」

お七は丈円が林祥院を払いのけようとしている間に、「林祥院さま、ごめん！」と言って、縄を放つ。お七の縄が、丈円と林祥院をからめとった。

「くそっ」

丈円が抗おうとするが、林祥院が更にきつく纏わりつき動きが鈍る。

「丈円の縄を解け。将軍がどうなってもいいのか」

桃雲斎が、懐から短刀を取り出し将軍に突きつける。

お七は素早く十手を投げ、桃雲斎の腕に命中させる。短刀が手を離れ、桃雲斎の腕の力が弱ったその瞬間に、将軍が肘で桃雲斎の喉を突く。

「童貞だからって馬鹿にするな！」

将軍は同時に、踵《かかと》で桃雲斎の股間も蹴り上げた。

「必殺・将軍足蹴り《キック》！」

「痛ぁ!!」

桃雲斎は股間を押さえてうずくまる。

「お七に教わったのじゃ、相手の隙を狙えとな」

将軍は桃雲斎から逃れ、兵衛が刀を手にして、庇《かば》うように将軍の前に出る。

「御用だ、桃雲斎、丈円」

侍たちも丸腰になった桃雲斎と、縄で捉えられた丈円たちを囲むように近づいてくる。

林祥院に絡みつかれたまま縄で縛られた丈円と桃雲斎が、追い詰められていく。

「丈円……もう逃げられないよ」

お七は縄を握った手に力を入れる。

「何か面妖なものが――」

そのとき、廊下の奥から数人の侍が走り出てきた。

「城の真上に、怪しいものが飛来しておりまする！」

侍たちの声と同時に、急に辺りが薄暗くなったので、大広間にいる者たちはさきほどお七が火薬を使い大きな穴を開けた天井の上の空を見上げた。

大きなものが空を覆っている。

何だあれは――皆が声を挙げる中、桃雲斎の着物の袖からすっと仕込み刀が現れ、丈円とお七をつなげる縄を切る。

「あっ！」

お七は声を挙げるが、縄は解かれ、丈円は自分に纏わりつく林祥院を容赦なく突き放す。

桃雲斎が背中から鎖鎌《くさりがま》を取り出し、天に投げた。お七や兵衛が捕えようと近づくのと同時に、鎖鎌を伝い、桃雲斎と丈円は高く飛び上がる。

「しまった――」

空を覆うのは、竹の骨に黒い布を張った巨大な凧《たこ》だ。

「万が一のために用意をしておったのじゃ。風の動きを見て、我が手の者に城にたどり着くように飛ばせてな。こうして天井に大きな穴を開けてくれたおかげで、逃げやすくなったわ」

桃雲斎が、笑いながら、大広間にいる者たちに言い放つ。

丈円と桃雲斎が飛び上がり凧に張り付くと、再び凧が舞い上がっていく。

「まて、丈円！　お前はあたしが――」

お七は叫んだ。

「半乳――俺は諦めぬ。いつか、どんな形でも、必ず徳川幕府を倒す――」

お七が十手を天井に突き刺し、屋根の上に飛び上がるが、凧は見る見るうちに遠くに行ってしまい、やがて見えなくなった。

「丈円……お前が何度現れても、あたしはお前を追いかけて捕まえてやる」

お七は膝を落とし、悔しさに唇を噛《か》んだ。

「この度の騒ぎは……諸大名たちと、林祥院さまの名誉にも関わるので、表沙汰にせぬことになった」

江戸城の大広間の屋根が吹っ飛ぶほどの騒ぎであったのだが、きつく箝口令《かんこうれい》が敷かれ、騒がぬように言い渡されていた。

お七と片山兵衛と銀次郎は、江戸城にいた。大広間の天井は改修工事中であるので、別の部屋で将軍と対面している。

お七はあの騒動の後、一旦、大奥から下がり神田の家に戻り、改めて将軍から呼ばれて銀次郎と共に江戸城に上がったのだ。

「林祥院さまは――」

お七は一番気になっていることを、口にした。丈円の手練手管に狂い、痴態を晒した前の将軍の正室はどうしているのだろう。

「林祥院さまは、あの男がいなくなったので嘆いて泣き伏しておられたが、今は少しばかり落ち着いている。幸いなのは、大広間での出来事の記憶が無いことじゃ。

怪しげな薬で酔わされておったので、抜け落ちておる。あの男のことは、時が過ぎて忘れられるのをお待ち申し上げるしかない」

将軍は、そう言って表情をゆがめた。

お七の胸が痛む。

夫を亡くし、ひとり孤閨を守ってきた林祥院は、丈円に身も心も捧《ささ》げていたのだ。その喪失感は、想像できないほどだろう。

けれど――お七の中に、一点の曇りが存在した。利用されたにしても、そこまで狂うほどに丈円と肌を合わせ、女の悦びを味わった林祥院に対して嫉妬していた。たとえ桃雲斎の秘術ゆえだったとしても、豊満な肉体で大名たちを虜にした林祥院――丈円に抱かれ続けて女として開花したあの姿は女の自分でも圧倒されるほど妖艶だった。そんな林祥院に、どうしても羨望の気持ちが湧き上がってしまい、胸が痛む。

あたしだとて、「教えてやろう、男と女の快楽の果てを――そして、俺の子を産め」と言われたとき、内心激しく動揺してしまった。葵の紋を彫った乳が、身体が、疼《うず》いてしまった。

あたしはまだ、男を知らない——けれど、丈円という男がもたらそうとした性の悦びが、どれだけ危険で、どれだけ魅惑的なものかは、わかってしまった。

「今回のことは、俺が頼りないゆえに、あいつらに目をつけられ、林祥院さまがその寂しさにつけ込まれて騒動が起こってしまった。全て俺が悪い、反省しておる。江戸城が乗っ取られなくて済んだのは、お七のおかげじゃ」

将軍はそう言って、頭を下げた。

「上さま、顔をあげてください。あたしは何も——」

ふたりを取り逃がしてしまったんだから——とお七は口にするのを何とか留めた。

「俺があのときに逃げられたのはお七に剣術を指南されたからじゃ。お七には、いろんなことを教わった。本当に感謝しておる」

そう言って、身体を起こし真っ直《ます》ぐお七を見つめる将軍の表情は、確かに今までよりも大人びて見えた。

「これからは、天下の将軍らしく、江戸の城と、この国を守るため、精進していく。ところで、お七——」

「はい」

「あの、半乳という女の乳に彫られた徳川の紋は——将軍の血を引いていると丈円が口にしたのは——」

そこまで言って、将軍は言葉を止めた。

「——上さま。あたしは、神田の、この銀次郎親分の下でお世話になっている、ただの町娘に過ぎません。あの半乳という女のことも、知りません」

お七が静かに低い声でそう言うと、将軍は「そうか」とだけ口にして、頷《うなず》いた。

「俺も、徳川の葵の紋に恥じぬように、頑張る。だから……たまには、俺に、また剣術を教えてくれるか」

「上さまがお望みでしたら」

お七がそう言うと、将軍は子どものように嬉しそうな笑顔になった。

江戸城を後にして、お七と兵衛と銀次郎は、神田に向かって歩いていた。

「上さまの、あっちのほうはどないなるんやろなぁ。女を抱けるようになるんやろうか」

銀次郎がそう口にした。

「大丈夫。あの後ね、上さまは、吉原のぱいずり花魁たちが大名たちを導く様子を見て、興味持ったみたい。世の中にはこんなに淫らで艶やかな女たちがいるんだって」

「……拙者からも、御老中に相談して提案したのじゃ。花魁たちに上さまを任せてみてはと」

兵衛が少し照れ臭げに、そう言った。

「ぱいずり花魁が、『わっちに任せるでありんす。わっちのぱいずりで上さまを極楽浄土に行かせてあげるでありんす』と、言ってた。上手くいくかわからないけれど、上さまは自分に自信がないだけだから……ぱいずりさんなら、男として勇気を与えてくれるような気がする。性の道は、性の達人に頼るのが一番いい」

お七は、少し寂しげな想いを抱きながら、そう言った。

いとことはいえ、やはり将軍と町娘——遠い存在だ。また剣術を教えてくれとは言われたけど、そう気軽に会うべきではないかもしれない。これから、妻を迎え、国を背負う存在になるべき人なのだから——。

そんなお七の寂しさを察したのか、兵衛はお七の隣に並び、声をかける。

「お七どの」

「はい」

「拙者は頼りない同心であるかも知れぬが……これから、お七どのを、守ってゆきとうござる」

兵衛は赤面していた。銀次郎は少し離れて歩きながら、にやにやと笑っている。兵衛からしたら、勇気ある告白のつもりだった。

お七は兵衛の言葉を聞いて急に立ち止まり、きりりとした表情で、兵衛を見つめる。

「片山さま」

「はい……」

「あたしを見くびらないでください。今回は敵を取り逃がしましたけど、誰かに守られるほど弱い女じゃありません。あたしをそこいらの、男に守られて喜ぶ女と一緒にしないで」

「いや、そういうつもりでは……」

兵衛は困った表情のまま、頭をかいている。銀次郎は必死に笑いを堪《こら》えていた。

お七はおもむろに両手で衿を持って広げて、葵の紋が彫られている白い膨らみと、谷間を見せる。

「あたしは、この葵の紋にかけて、徳川家を守ります！」

「お七どの、こんなところで！　隠されよ！」

道行く人の目を気にして、兵衛は慌ててお七の前に立ち、周りから見えぬように両手を広げる。

「エロ……いえ、江戸の悪は、決してこのあたしが許さない。次に会うときは、必ず、この半乳が……」

そう言って、お七は白く丸い乳を半分出したまま、丈円と桃雲斎が消えていった江戸の空を遠く見上げた。

謝辞にかえて

冗談のつもりだった。

私は昔、漫画家志望だったこともあり、仕事の合間に、落書きをする癖がある。

そのときは、時代小説特集の文芸誌をめくっていて、ふと、岡本綺堂《おかもときどう》の「半七捕物《はんしちとりもの》帳《ちょう》」から、「『半乳捕物帳』……乳を半分出して十手を持って、江戸の悪と戦う女の子。決して、江戸の悪は許さない、決して乳首は見せない」というアイデアが、頭に浮かんだ。そして、その絵をメモ用紙に落書きして、SNSにアップしたら、結構な反響があった。

そしたら何故か小説にすることになり、こうして本になった。

連載を開始してから、今年（二〇一七年）でちょうど岡本綺堂の「半七捕物帳」が書き始められ百年だと知った。また、そのときの岡本綺堂は四十五歳で、私が「半乳」の連載を開始したのと同じ年齢だ。

これ偶然？　もしかして、「半乳捕物帳」は、書かれるべくして書かれる運命だったのか！

とにかく、謝っておきます。

岡本綺堂先生、ごめんなさい!!

二〇一七年十一月

花房観音

《初出》

一、半乳登場の巻　月刊ジェイ・ノベル　二〇一七年二月号
二、吉原初恋の巻　月刊ジェイ・ノベル　二〇一七年三月号
三、色男坊主の巻　月刊ジェイ・ノベル　二〇一七年四月号
四、大奥潜入の巻　書き下ろし
五、江戸城騒乱の巻　書き下ろし

実業之日本社文庫　好評既刊

草凪優
堕落男《だらくもの》
不幸のどん底で男は、惚れた女たちに会いに行く――。堕落男が追い求める本物の恋。超人気官能作家が描くセンチメンタル・エロス！（解説・池上冬樹）
く61

草凪優
悪い女
「セックスは最高だが、性格は最低」。不倫、略奪愛、修羅場を愛する女は、やがてトラブルに巻き込まれて――。究極の愛、セックスとは!?（解説・池上冬樹）
く62

草凪優
愚妻
専業主夫とデザイン会社社長の妻。幸せな新婚生活のはずが…。浮気現場の目撃、復讐、壮絶な過去、ひりひりする修羅場の連続。迎える衝撃の結末とは!?
く63

草凪優
欲望狂い咲きストリート
寂れたシャッター商店街が、やくざのたくらみによりピンサロ通りに変わった…。欲と色におぼれる不器用な男と女。センチメンタル人情官能！　著者新境地!!
く64

今野敏
潜入捜査
拳銃を取り上げられ「環境犯罪研究所」へ異動した元マル暴刑事・佐伯。己の拳法を武器に単身、暴力団壊滅へと動き出す！（解説・関口苑生）
こ21

今野敏
デビュー
昼はアイドル、夜は天才少女の美和子は、情報通の作曲家や凄腕スタントマンら仲間と芸能界のワルを叩きのめす。痛快アクション。（解説・関口苑生）
こ27

実業之日本社文庫　好評既刊

実業之日本社文庫 は2 3

半乳捕物帳《はんちちとりものちょう》

2017年12月15日　初版第1刷発行

著　者　花房観音《はなぶさかんのん》

発行者　岩野裕一
発行所　株式会社実業之日本社
〒153-0044　東京都目黒区大橋 1-5-1
クロスエアタワー 8 階
電話 [編集]03(6809)0473 [販売]03(6809)0495
ホームページ　http://www.j-n.co.jp/
DTP　ラッシュ
印刷所　大日本印刷株式会社
製本所　大日本印刷株式会社

フォーマットデザイン　鈴木正道（Suzuki Design）

ISBN978-4-408-55400-6（第二文芸）